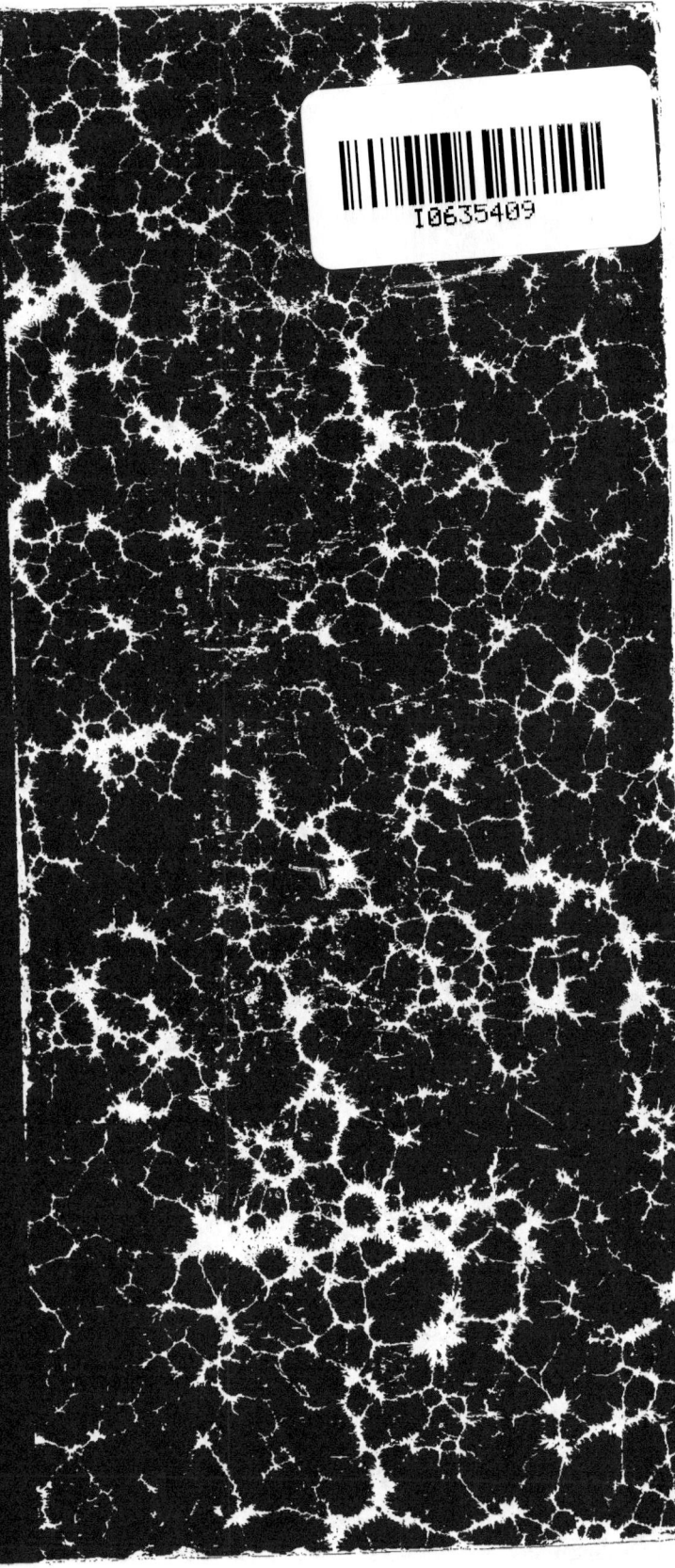

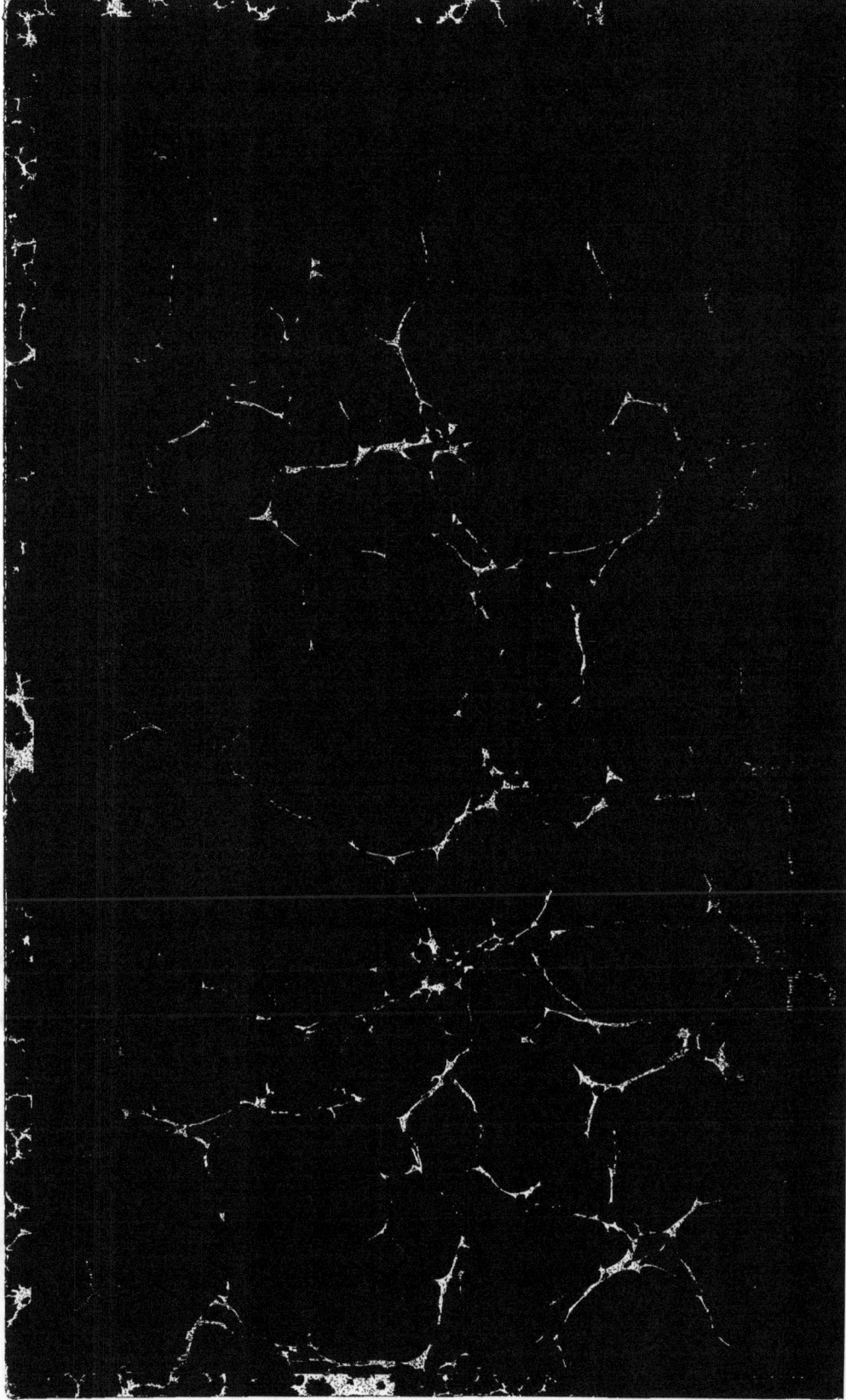

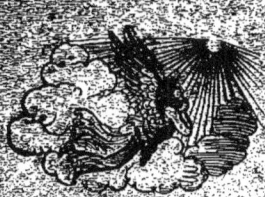

LIMOGES,

À LA LIBRAIRIE ECCLÉSIASTIQUE DE P. DURAND ET Cie,

RUE CRUCHE-D'OR, N° 8.

PARIS,

DEBÉCOURT, LIBRAIRE, | BENJ. DUPRAT, LIBRAIRE,

RUE DES SS. PÈRES, 69. | RUE DU CLOÎTRE-S.-BENOÎT, 7.

1842.

LA

LYRE CHRÉTIENNE

DU XIXme SIÈCLE.

LIMOGES. — IMPR. DE BLONDEL, RUE CONSULAT, 15.

LA
LYRE CHRÉTIENNE

DU XIXme SIÈCLE,

OU

RECUEIL DE POÉSIES RELIGIEUSES CONTEMPORAINES

PRÉCÉDÉ

D'une Introduction par M. Antoine De Latour, auteur de la Vie Intime, traducteur de Silvio Pellico.

LIMOGES,

A LA LIBRAIRIE ECCLÉSIASTIQUE DE P. DURAND ET Cie,

RUE CRUCHE-D'OR, No 8.

PARIS,

DEBÉCOURT, Libraire,
RUE DES SS. PÈRES, 69.

Benj. DUPRAT, Libraire,
RUE DU CLOÎTRE-S.-BENOÎT, 7.

1842.

INTRODUCTION.

En publiant LA LYRE CHRÉTIENNE DU DIX-NEUVIÈME SIÈCLE, les Editeurs de ce Recueil n'ont pas eu seulement pour but de montrer quelle a été la part de la pensée religieuse dans les créations de la muse contemporaine ; ils se sont surtout proposé d'offrir à la Jeunesse, sous une forme assez attrayante pour lui devenir familière, et assez vive pour se graver aisément dans sa mémoire, l'ensemble magnifique

des croyances, des idées, et des sentiments sur les-
quels repose la foi catholique.

Si toute poésie chez les peuples enfants a commencé par être l'intermédiaire des rapports de
l'homme avec Dieu, pourquoi, quand c'est l'enfance
qu'on veut instruire, ne rendrait-on pas à la Religion
et à la morale ce noble vêtement qui ajoutait jadis,
dans l'imagination des peuples, à l'ardeur et, si on
osait le dire, à la sincérité de leur culte? Animés de
cette conviction que, même aux époques les plus
raffinées dans leur scepticisme, la poésie peut recommencer avec succès, parmi les générations nouvelles,
les douces conquêtes de la Religion, nous nous sommes appliqués ici à composer, avec une certaine logique qui toutefois n'a rien de trop rigoureux, d'une
foule de fragments épars une sorte de Manuel en
vers des vérités religieuses et des corollaires que la
morale peut en tirer pour les principales situations
de l'âme.

Les Fidèles qui, en avançant dans la vie, se sont
accoutumés à faire pour eux-mêmes et sur leurs lec-
tures de chaque jour le travail que nous entrepre-
nons aujourd'hui pour tous, apprécieront nos efforts,
se souvenant des consolantes impressions qu'on
peut, suivant le besoin de l'heure, puiser en ces
vastes *campagnes*, en *ces palais immenses de la mé-*

moire dont saint Augustin a parlé en si merveilleux termes. Mais sans doute ils s'étonneront qu'ayant pu prendre à pleines mains dans le trésor poétique des deux derniers siècles, nous ayons préféré nous en tenir aux ouvrages du nôtre. Il semble, en effet, que pour la valeur littéraire de ce Recueil, pour l'autorité qu'il importe si fort de lui assurer, et aussi pour la portée philosophique que l'on serait en droit d'en attendre, il y avait avantage à ne pas négliger les belles inspirations de la poésie chrétienne au dix-septième, et même au dix-huitième siècle. Nous ne l'avons pas fait pour deux raisons que nous allons dire : la première, parce que les livres auxquels nous aurions emprunté, sont dans les mains de tout le monde, et cette raison nous l'avons même étendue à quelques Illustres de notre âge, dont les noms populaires sont presque devenus anciens, par le privilége du génie et de la gloire. La seconde raison, c'est qu'il nous a paru qu'à part le mérite de la forme, il y avait peut-être quelque chose de plus sympathique et de plus tendre dans une prédication plus voisine de nous, quelque chose qui frappe et qui émeut plus profondément dans le bruit de cette parole que l'on entend si près de soi. Il était bon aussi d'apprendre à la Jeunesse que l'œuvre inaugurée presque au berceau du monde par de pieux génies, ne s'est plus arrêtée, et que ce voile éclatant dont nous parlions tout à l'heure, il s'est rencontré aujourd'hui, comme hier, comme dans tous les temps, des mains filiales uniquement dévouées à y semer des couleurs plus vives ou à le renouveler avec grâce. Voilà notre excuse ; mais précisément parce qu'elle est excellente, elle nous impose le devoir de présenter ici une table rapide et comme un court inventaire des antiques richesses de la Littérature sacrée. Les jeunes esprits auxquels est destiné ce Recueil, le méditeront avec plus de fruit, s'ils commencent par se faire une idée juste des transformations successives qu'a dû subir d'âge en âge, de nation en nation, je dirais volontiers de poëme en poëme cette muse du Christianisme dont nous leur offrons les derniers hymnes, les plus récentes élégies.

Au premier âge de l'humanité, la foi de l'homme s'est manifestée par la poésie, et la BIBLE est tout ensemble le plus ancien et le plus magnifique monument de cette langue sacrée. Là est toute la Religion des Hébreux, là est aussi toute leur littérature. Si les différentes parties de la Bible sont écrites en prose ou en vers, c'est une question encore indécise, et que nous laissons aux érudits. Mais que presque tous les genres littéraires aient dans la Bible de sublimes modèles, c'est du moins ce que personne ne conteste. Quelle épopée que l'œuvre de

Moïse, et que sont, auprès de la Genèse, l'Iliade et l'Odyssée? Quel drame que Job, et le Prométhée d'Eschyle offre-t-il un spectacle plus saisissant? Quelles odes la Grèce pourrait-elle comparer aux chants d'Isaïe, quelles élégies aux Psaumes de David? Les Idylles de Théocrite et les Eglogues de Virgile approchent-elles du Cantique des Cantiques, et la sagesse antique a-t-elle rien qui s'élève à la hauteur de l'Ecclésiaste? Cette poésie a tour à tour un caractère de force et de grâce, de simplicité et de magnificence, de gravité suave et d'irrésistible impétuosité, qui, à chaque page, trahit la source divine. Mais en passant dans l'Évangile, elle y prend une majesté plus douce. De même que l'ancienne loi se tempère dans la nouvelle, la parole de l'Esprit Saint devient aussi moins sévère sur les lèvres de l'Apôtre. C'est à peine si dans le livre de l'Apocalypse on retrouve encore quelque chose des sombres images d'Ézéchiel : partout ailleurs il semble que l'on respire un air plus léger; on sent qu'un Dieu est descendu sur la terre, pour enseigner aux hommes une autre loi, une langue nouvelle. La pensée de Jéhova est sortie des âpres collines de Judée, elle a abandonné ce peuple indocile, ces âmes dures qui, au fond, n'aimaient dans leur Dieu que la sauve-garde jalouse de leur étroite nationalité, elle s'est répandue par le monde, elle a confondu tous les peuples dans l'unité d'une même foi, dans l'effusion d'un même amour, dans l'espoir d'une commune délivrance.

Pendant les premiers siècles qui suivent l'établissement du Christianisme, ceux qu'il inspire de son génie, chantent peu ou pour mieux dire se préoccupent médiocrement de la forme poétique; la poésie s'épanche surtout dans la prédication apostolique, dans la prière des âmes ferventes, dans ces cloîtres qui s'élèvent sur la cîme de toutes les montagnes, dans ces patientes cathédrales que la foi édifie lentement, et qui grandissent toujours, symboles visibles de l'incessante aspiration de l'âme vers le Ciel. Toutefois elle jette çà et là quelques accents sublimes, quelques soupirs mélodieux dans ces hymnes solennels, dans ces *proses* naïves qui montent du pied de l'autel avec l'encens du Sacrifice. Quelques Pères de l'Eglise grecque essayèrent de sanctifier par la pensée chrétienne ces arts profanes qu'avait aimés leur jeunesse et qui étaient encore pour eux quelque chose de la patrie; l'Evêque Synésius écrivait des hymnes dont on peut lire le plus beau, supérieurement traduit par M. Villemain dans ses études sur les Pères qu'il laisse trop longtemps inachevées. Vers la même époque, saint Grégoire de Nazianze arrangeait en tragédie la Passion de Notre Seigneur. Mais ce n'est pas là l'œuvre ordinaire de ces rares

esprits. Distribuer au peuple, chaque jour, la parole
de vie, ou, du fond des Thébaïdes, combattre, cham-
pions intrépides, lutteurs infatigables, le paganisme
renaissant et les hérésies qui s'efforcent de revivre
sous les apparences de la foi nouvelle : telle est leur
mission, telle est surtout la tâche glorieuse des Pères
de l'Eglise latine.

Mais dans les écrits de quelques-uns déjà on sent
comme l'approche de la muse *inconnue.* Saint Augustin qui, dans ses Confessions, s'accuse d'avoir
pleuré aux larmes de Didon, se demande aussi quelque part avec tremblement s'il ne prend pas un plaisir trop vif aux chants de l'Eglise et à la musique
sacrée. Rassurez-vous, grand Evêque, rassurez-
vous. Ce trouble qui agite votre âme n'est que
l'avant-goût mystérieux, le pressentiment ineffable de
la poésie qui va naître, poésie bien autrement profonde que celle dont le charme, trop vivement res-
senti, alarme, en ses divines délicatesses, votre conscience chrétienne.

Pendant plusieurs siècles encore, elle cheminera
humblement, cette poésie. En attendant que les idiô-
mes modernes aient achevé de se former, elle parlera la langue de la vieille Rome, et même après
qu'ils auront produit des chefs-d'œuvre, elle conti-
nuera à parler cette langue, se souvenant que la
Rome du Christ n'en connaît pas d'autre. Mais une

fois échappée à ces savantes entraves, la voilà qui, mêlée au siècle, attendrit de sa plainte mélancolique les légères chansons des Troubadours, les joyeux récits des Trouvères, et qui s'associe, énergique et fière, aux émotions de la lutte des Espagnols contre les Maures.

En Italie, elle prête même aux chants passionnés de Pétrarque une suavité tout évangélique, ou, sous la forme de Virgile, elle conduit le Dante dans la triple voie du monde invisible.

Dans notre patrie enfin, où désormais nous suivrons tous ses pas, elle s'efforce d'abord de faire pénétrer le souffle du spiritualisme chrétien dans ces grossières ébauches dramatiques que nos aïeux appelaient des *mystères*. Puis, à mesure que s'accroît le nombre des esprits délicats, rougissante et confuse, la vierge descend des tréteaux populaires et s'avance avec dignité, portant au front l'étoile des Anges et à la main la palme des martyrs. Au commencement du dix-septième siècle, et comme pour annoncer cette grande ère, Malherbe écrit les admirables stances qui commencent par ce vers :

« N'espérons plus, mon âme, aux promesses du monde. »

Racan, son disciple et son ami, traduit à son tour quelques Psaumes, sur son rocher de Touraine, et il rencontre, de loin en loin, des accents dont la vigueur étonne, et qu'on n'attendait pas de son talent plus naïf qu'élevé. Corneille enfin, le grand Corneille met la dernière main à la plus pathétique de ses créations, à POLYEUCTE. Six ans après, en 1746, Rotrou qu'il appelait son maître, mais qui cette fois est son élève, compose sa tragédie de SAINT GENÊT, œuvre étrange, mais étincelante de vers sublimes, et pleine de ces élans de l'âme qui font également les grands poètes et les martyrs.

Mais pendant que Corneille devenu vieux traduit l'IMITATION en vers qui font plus d'honneur à sa piété qu'à son génie, regardons du côté de l'Angleterre. L'Angleterre, elle vient de se déchirer de ses propres mains, et encore toute sanglante elle respire à peine. Mais dans la solitude où Milton est allé cacher sa triste vieillesse, s'écrit un livre immortel, le PARADIS PERDU. Toujours poursuivi par le souvenir du tragique spectacle que ses yeux se sont usés à contempler, Milton en porte l'impression dans son poème, et fait de ce poème je ne sais quelle sombre transfiguration de l'histoire, où Cromwell se nomme Satan. C'est la face humaine de l'œuvre, mais elle a aussi, mais elle a surtout son côté religieux par où elle subjugue toutes les âmes. Elle a empreint d'un caractère ineffaçable d'inspiration biblique toute la poésie anglaise, joug sublime que lord Byron lui-même ne pourra secouer entièrement. N'oublions pas non plus la belle ode de Dryden sur la fête de SAINTE CÉCILE.

Déjà cependant, à Port-Royal-des-Champs, un écolier qui, quelque jour, sera Jean Racine, s'essayait à traduire en vers les Hymnes du Bréviaire romain. Ces premiers essais de sa muse, Racine depuis les a retravaillés, et rien n'y décèle aujourd'hui l'inexpérience de l'écrivain. Mais comme pour préluder par des accents plus fermes à son dernier chef-d'œuvre, pendant le cours des dix années qui s'écoulèrent entre Phèdre et Athalie, il composa quatre Cantiques spirituels qui tour à tour laissent sentir ou entrevoir le charme pénétrant ou la magnificence des chœurs d'Athalie et d'Esther. Esther enfin et Athalie furent l'effort suprême de ce merveilleux génie, et marquèrent en même temps l'apogée de la poésie religieuse en France au dix-septième siècle. Mais ce serait s'arrêter à la surface du siècle que de se borner à chercher dans les œuvres exclusivement sacrées l'inspiration du sentiment chrétien. Nos grands poètes l'ont portée, quoique souvent à leur insu, jusque dans les sujets païens, et M. de Châteaubriand qui, le premier, a mis en lumière cette grande et belle vérité, a ouvert par là à la critique moderne la plus profonde de ses perspectives.

La pensée de traduire ou d'interpréter les Psaumes, cette pensée dont Malherbe s'était avisé trop tard, J.-B. Rousseau s'en empare et s'en sert habilement pour sa renommée. Presque au début d'un siècle d'irréligion, J.-B. Rousseau se présente avec un Recueil d'ODES SACRÉES dont l'esprit de parti a, si l'on veut, exagéré le mérite, mais qui, au jugement d'une critique impartiale, gardera néanmoins dans notre Littérature une place élevée. Mais si le souffle du scepticisme naissant n'a pu glacer la verve du chrétien, l'esprit d'analyse de l'époque jette parfois quelque froideur sur ses poèmes religieux. Rousseau qui ne craint pas de confesser sa foi devant tous, se regarderait comme un barbare, s'il ne parlait la langue de ceux qui persécutent en lui sa croyance, et on le voit sans cesse aux ardentes images du Psalmiste substituer le tour abstrait, et le terme philosophique à l'expression pittoresque. C'est là, au point de vue littéraire, le défaut de ses belles paraphrases qui d'ailleurs ont beaucoup de nombre, de l'élévation et de la noblesse. Chose singulière! Lefranc de Pompignan qui admirait Rousseau dont il a déploré la mort dans une ode si remarquable, lorsqu'à son tour il a voulu traduire quelques pages des Livres saints, ne sachant comment faire passer dans cet idiome net et logique, qui se modelait de plus en plus sur les vives allures de l'esprit français, les beautés hardies de l'original, se hasarde par moment à les y transporter tout entières, et deux ou trois fois il lui est arrivé, à son insu peut-être, et par une sorte d'impuissance, d'être plus poète que Rousseau.

Quelque chose d'analogue devait se présenter dans les études lyriques de Louis Racine; mais son vrai titre à la renommée, c'est ce poème de la RELIGION, si populaire, et à bon droit, dans nos écoles. Louis Racine, il est vrai, s'est contenté de suivre le plan de cette vaste apologie du Christianisme que Pascal avait conçue, et dont il n'est resté que de magnifiques lambeaux; ces matériaux épars d'une œuvre gigantesque, il les remue d'une main bien débile sans doute; mais quand il n'eût écrit que ce premier chant où il développe avec tant d'éclat les preuves de l'existence de Dieu et celles de l'immortalité de l'âme, il aurait noblement payé sa dette au grand nom de Racine. Le poème du cardinal de Bernis, la RELIGION VENGÉE, œuvre froide et médiocre d'un talent facile et qui ne semble à sa place que dans les sujets légers, rehausse singulièrement, par la comparaison, le poème de Louis Racine.

Mais déjà le siècle a pris un autre cours; il doutait tout à l'heure, maintenant il blasphème et semble jeter le défi à toutes les croyances du passé. Et cependant c'est encore au Christianisme que Voltaire lui-même a dû ses vers les plus touchants. Que de choses en effet le Christianisme pourrait revendiquer dans ses ouvrages, sans parler de ZAÏRE, d'ALZIRE, de certaines parties de la HENRIADE qui lui appartiennent complétement. Presque sous les yeux de Voltaire, Florian écrivait son élégant poème de TOBIE et sa douce pastorale de RUTH. Vers le même temps, Gilbert livrait aux dédains de l'Académie Française qui les écoutait à peine, ses deux odes sur le JUBILÉ, et le JUGEMENT DERNIER, remplies de traits sublimes, en attendant ce chant mélancolique de la résignation et du pardon qui bientôt allait tomber de ses lèvres mourantes. Mais ces cris du Ciel se perdaient dans le bruit orageux du siècle révolté. Toutefois Dieu a voulu que l'écho en vînt jusqu'à nous, sans doute pour nous avertir que les clameurs de l'impie pourraient bien couvrir un temps, la voix qui prie et qui adore, mais que le génie même ne l'étoufferait pas. Laissons donc passer la tempête : Dieu attend derrière le nuage, la main chargée des trésors d'une poésie neuve, à la fois naïve et réfléchie.

La France ne pouvait encore la comprendre ; mais en Allemagne, Klopstock écrivait sa MESSIADE, la plus épique du moins des élégies chrétiennes, si l'on ne veut y reconnaître une véritable épopée.

Cependant le flot de la révolution s'est calmé, et au milieu du silence des esprits et de l'apaisement des cœurs fatigués, apparaît tout-à-coup le GÉNIE DU

CHRISTIANISME. Ce livre plein de beautés originales et des charmants défauts de la jeunesse et de l'enthousiasme, est en même temps le manifeste d'une inspiration nouvelle et le titre reconquis des grandeurs de la muse religieuse dans le passé. Ce que M. de Châteaubriand a dit en historien et en critique de premier ordre, dix ans plus tard, il le montre en action dans les MARTYRS. Mais il n'est pas de mon sujet de parler de ces ouvrages autrement que pour signaler, en passant, leur féconde influence. M. de Châteaubriand a rouvert la source, et rendue à sa pente naturelle, elle reprend son cours avec plus de majesté. Voici tantôt quarante ans qu'elle coule, hier encore source timide, aujourd'hui fleuve immense dont le murmure ne se taira plus. Déjà, à côté de M. Châteaubriand, M. de Fontanes, son ami, écrivait ces admirables morceaux, LE JOUR DES MORTS, LA CHARTREUSE DE PARIS, LA BIBLE. M. de Fontanes, par ces trois chefs-d'œuvre marque la transition des CHOEURS D'ATHALIE aux MÉDITATIONS POÉTIQUES. Il franchit, sans en rien réfléchir, tout le dix-huitième siècle, et va rejoindre Racine. Mais à la grâce, à l'élégance, à la perfection en partie retrouvée du Raphaël de la poésie, il ajoute je ne sais quelle teinte plus vive qu'il semble avoir dérobée d'avance à la muse contemporaine.

C'est de notre âge, ne craignons pas de le dire,

que date en France l'avénement de la poësie lyrique. Le mouvement qui s'est manifesté vers 1820 à la suite des MÉDITATIONS, et que dix ans plus tard, LES HARMONIES renouvelèrent avec plus de grandeur, a doté la France d'une poésie qui lui est propre, et cette poésie est le plus souvent chrétienne. Les MÉDITATIONS et les HARMONIES, sont nées de la contemplation de la Bible et du retour passionné d'un génie puissant sur ses propres impressions. Tantôt l'âme du poète s'élance vers Dieu, et trouve pour raconter ses saintes joies quelque chose de la parole sublime de Bossuet, car je n'ose dire de l'inspiration des Prophètes, tantôt elle gémit dans le doute avec une tendresse de cœur qui ne lui permet pas d'y rester longtemps, et avec cette résignation qui, dans les âmes sincères, est le commencement de la foi.

M. de Lamartine est le seul que nous veuillons citer ici ; mais caractériser ce noble génie, n'était-ce pas parler aussi de tous les talents sérieux de notre époque? Nommez un poète véritable qui ne porte au front le signe sacré de Jésus. Ceux-là même qui le nient se débattent vainement sous la main divine ; ils ne seront jamais, et ce sera encore leur plus beau titre, que les *affranchis* de la Bible et de l'Evangile. Mais ces noms que nous ne citons pas, on les trouvera presque tous au bas des morceaux dont se compose ce Recueil, les uns déjà en possession d'une haute renommée, d'autres entourés d'une auréole dont l'éclat augmente tous les jours, beaucoup à peine connus, un seul peu digne de l'être, celui de l'écrivain qui signe cette courte Introduction. Il ne réclame pour lui que l'honneur de s'être associé à une pensée généreuse, née dans le cœur d'un homme de bien.

Antoine DE LATOUR.

Paris, 1er novembre 1841.

INSPIRATION.

Ils disent que les hautes cimes,
Que la mer, les forêts et les vents tour à tour
Répètent des hymnes sublimes,
Chants sévères de haine, ou doux rêves d'amour :
Qu'il suffit de pencher l'oreille,
Que mille voix d'en-bas, comme un chœur qui s'éveille,
Murmurent d'intimes accords,
Et que le feu divin qui couve dans leur âme
Aux plus minces objets peut emprunter sa flamme,
Et leur lyre tous ses transports.

1

Ils disent qu'à longs flots dans le vieux lit des âges
    La poésie a découlé,
Qu'Homère est le foyer ardent et reculé
Où Virgile, et le Dante, et Milton, ont moulé
    Leurs formes douces ou sauvages;
Ils disent qu'en celui qui ne dévore pas
Les feuillets sillonnés par la main du génie,
La poésie en vain, dévoilant ses appas,
    Verse sa brûlante harmonie.

Ils ignorent, hélas! aveugles orgueilleux,
Qu'il est un autre monde entr'ouvert au poète,
    Un foyer bien plus radieux,
Une source plus pure, une plus haute crête,
D'où l'œil voit de plus loin, d'où l'oreille entend mieux.
Le saint Cœur de Jésus, voilà, voilà le fleuve
Où l'âme du poète et se plonge et s'abreuve;
Jésus! diapazon aux accords si touchants,
Jésus! rayon céleste où s'enflamme ma lyre,
Jésus! mon Dieu, mon roi, ma joie et mon délire,
    Tout mon génie et tous mes chants!

L'ABBÉ DEVOILLE *(Voix de la Solitude)*.

LA FOI *.

Heureux qui la respecte et la garde et l'écoute,
Heureux ceux qui n'on point, dans un fatal orgueil,
Repoussé ses devoirs, glorifié le doute,
Car la Foi, c'est le phare élevé sur l'écueil,

C'est l'arc de l'édifice et la clef de la voûte,
L'aurore de salut à travers notre deuil,
L'arbre rafraîchissant planté sur notre route,
L'étoile qui nous luit au-delà du cercueil.

Heureux celui qui prie encor du fond de l'âme
Et qui reporte à Dieu sa joie et sa douleur,
Heureuse dans sa foi, la pauvre vieille femme

Qui se met à genoux et dit : Seigneur, Seigneur,
Car Dieu prête l'oreille à ce qu'elle réclame,
Et la paix des élus descendra dans son cœur.

X. MARMIER (*inédit*).

* M. Marmier a bien voulu détacher ce morceau et deux autres qu'on
lira plus loin, d'un recueil encore inédit et qu'il doit publier prochaine-
ment sous ce titre : POÉSIES D'UN VOYAGEUR. Nous sommes heureux de pouvoir l'annoncer ici, et en donner un avant-goût à nos jeunes lecteurs.
(*Note de l'Editeur.*)

EXISTENCE DE DIEU.

L'HOMME a dit : « Dieu n'est point; le hasard, la nature,
» Ont seuls de l'univers ordonné la structure.
» Ce Dieu, fils de la Crainte et par elle encensé,
» Usurpa trop longtemps notre hommage insensé.
» Je brise ses autels, et, d'une âme tranquille
» Brave son sceptre oisif et sa foudre inutile. »

O délire ! réponds, mortel audacieux,
Courbas-tu de ta main l'orbe immense des cieux ?
Marches-tu sur les vents ? suspends-tu sur nos têtes
La mer aérienne où dorment les tempêtes ?
L'astre au cours déréglé, des bornes de l'Éther,
Revient-il, à ta voix, sur l'aile de l'éclair ?
Vas-tu vers l'Orient, berceau de la lumière *,
Éveiller le soleil, lui marquer sa carrière ;
Ou de l'Aurore même, empruntant les couleurs,
Nuancer au désert le calice des fleurs ?
Pour oser renverser l'Éternel de son trône,
Insensé, qu'as-tu fait, quel pouvoir t'environne ?
Incertain possesseur de l'un de ces instants
Qu'entraîne dans son cours le grand fleuve du temps,
Tu n'es qu'un vain fantôme, une ombre passagère.
Ne voile pas du moins le flambeau qui t'éclaire.
Dieu n'est point, me dis-tu ?... l'enthousiasme ardent
Me lègue ses transports, son vol indépendant ;

* Job.

Suis mon rapide essor, viens, que ton œil contemple
De la création l'antique et vaste temple.

Élançons-nous d'abord vers cet astre pompeux,
Géant du ciel, armé de splendeur et de feux ;
C'est dans son vaste sein que la nature entière,
Avec des urnes d'or, va puiser la lumière.
Tous nos globes, soumis à son sceptre brûlant,
Et d'un vol inégal dans sa sphère roulant,
Esclaves voyageurs, suivent sa loi suprême ;
Mais ce roi lumineux est esclave lui-même ;
Un éternel pouvoir, du Très-Haut émané,
Sur son axe de feu le retient enchaîné.
C'est de ce trône ardent qu'il commande aux planètes,
De cheveux flamboyants couronne les comètes,
Préside aux pas du jour, et, monarque attentif,
Guide notre univers autour de lui captif.

Reprends ton vol, la voix des sphères plus lointaines
Éclate, et nous appelle en leurs brûlants domaines ;
Le pôle nous reçoit sur son char étoilé.
Un océan d'azur, et de mondes peuplé,
Déroule devant nous ses plaines lumineuses ;
Poursuis, égare-toi dans ces routes pompeuses ;
D'orbe en orbe élancé, promène tes regards
Sur ces soleils roulants, autour de nous épars.
Dans les champs de la nuit, que ta raison altière
M'apprenne qui jeta ces rois de la matière,
Et, pliant à son joug tant de globes divers,
Assit sur le néant cet immense univers.

Ne reconnais-tu pas l'éternel géomètre ?
Des flancs du vieux chaos, à la voix de leur maître,
Ces astres sont partis, brillants ambassadeurs
Qui viennent du Très-Haut révéler les splendeurs.
Famille de soleils, que l'espace environne,
Dites-moi dans quels lieux il éleva son trône ?
Le Firmament n'est-il qu'un voile radieux,
Dont s'est enveloppé ce roi mystérieux ?
Errant loin de sa cour, va-t-il de sphère en sphère
Des mondes vieillissants ranimer la poussière ?

Muse, enchaîne l'essor de tes vœux indiscrets ;
Seule, l'Éternité possède ses secrets ;
Seule dans l'univers, cette reine immobile,
Des rivages du temps, quand la mort nous exile,
Peut dissiper pour nous la sainte obscurité
Dont le grand Jéhova voile sa majesté.
Jusque-là, du Très-Haut contemplons la pensée
Sur le front des soleils, dans les cieux retracée.
Mais pourquoi la chercher loin de notre séjour ?
La simple fleur des champs, le souris d'un beau jour
Nous en offre l'image ; et, féconde en spectacles,
De même que les cieux, la terre a ses miracles.
Le charme des couleurs, les trésors des moissons,
L'immensité des mers, la pompe des saisons ;
Ces flottantes vapeurs, dont l'amas fantastique
Des palais du soleil décore le portique ;
En prisme éblouissant brille dans les déserts,
En rosée, en frimas, tombe du haut des airs,

Rend leurs fleurs, leur verdure, aux champs qu'il désaltère,
Et gonfle en longs ruisseaux les veines de la terre.

. . . .

. . . .

Hardi blasphémateur, dont l'espoir criminel
En faveur du hasard détrône l'Éternel,
Rejette maintenant la puissance infinie
Qui gouverne, et du monde entretient l'harmonie.
Le grand Moteur échappe à nos profanes yeux,
Sans doute ; mais son nom se lit au front des cieux.
Il est : son sceptre touche aux bornes de l'espace ;
Le Temps, devant son trône et se prosterne et passe ;
Il protége, il domine, il ceint de toutes parts
Les globes conservés par ses féconds regards.
La lumière est à lui, la vie est sa présence,
Et le monde, un essai de sa toute-puissance.
Esclave, devant lui tombe et reprends tes fers !

Le sort, dis-tu, préside au jeu de l'univers ?...
Si Dieu n'enchaînait point sous sa loi vigilante
Une matière informe, aveugle et turbulente,
Nos vergers imprudents confiraient aux hivers
Et leurs naissantes fleurs, et leurs feuillages verts ;
Sous un ciel infidèle, au hasard entraînée,
La terre égarerait la marche de l'année ;
On verrait les soleils, l'un sur l'autre roulant,
Entrechoquer dans l'air leur front étincelant ;
Et le chaos, battu des sphères vagabondes,
Élargirait ses flancs pour engloutir les mondes.

Rassure-toi, mortel ; en te donnant le jour,
L'Éternel t'a fait roi d'un plus parfait séjour.
Ingrat ! c'est pour toi seul que ses mains souveraines
De l'univers soumis daignent prendre les rênes.
Que font à son bonheur et l'espace et le temps,
Et tous ces globes d'or sous son trône flottants ?
C'est pour toi que son souffle anima la nature,
Que sa main, des saisons émailla la ceinture,
Déploya ce tapis dans les bois étendu,
Et ce dais rayonnant sur ton front suspendu.
A ces nobles présents peux-tu le méconnaître ?
Poursuivi des bienfaits de ce généreux maître,
Téméraire, oses-tu déserter son pouvoir ?
La voix des nations te dicte ton devoir.
Viens, remonte avec moi jusqu'au berceau des âges ;
Parcourons les cités, les monts, les bois sauvages,
Partout devant un Dieu s'inclinent les mortels,
Et l'antre solitaire a caché des autels.

Le monde cependant, vaste et changeant théâtre,
A vu plus d'une fois l'homme, impur idolâtre,
A des dieux mensongers prostituer ses vœux :
De piété, d'erreur, assemblage hideux,
Pour les autoriser déifier ses vices,
Et ne vouloir au ciel trouver que des complices ;
Mais au sage attentif ce culte criminel,
Même en le blasphémant, révèle l'Éternel.

N'es-tu point satisfait ? te faut-il des miracles ?
De la voix du passé consulte les oracles :

Pour instruire les fils des patriarches-rois,
Le Tout-Puissant du monde interrompit les lois.
Je t'atteste en mes vers, toi, Montagne ébranlée,
Où ce Dieu vint asseoir sa majesté voilée ;
Vous, Flots, qui soulevés en humides remparts,
Et qui bientôt roulant, tombant de toutes parts,
Avez d'un roi superbe épouvanté l'audace,
Et de ses bataillons englouti la menace ;
Toi, Soleil, qui jadis de ton char enflammé
Enchaînas dans les cieux le vol accoutumé ;
Et vous tous, Éléments, vous, dont la voix immense
Tant de fois du Très-Haut confessa la présence !
Répondez, proclamez le Dieu du firmament :
Que l'Athéisme impur, ce vainqueur d'un moment,
Vous entende, frémisse, et reprenne sa chaîne.

Surpris, abandonné de sa science vaine,
L'impie abjure enfin son système pervers,
Et reconnaît un Dieu, père de l'univers.

SOUMET *(Poème de l'Incrédulité, chant 2e)*.

IMMORTALITÉ DE L'AME.

Mortels ! n'assignez point un terme à la pensée ;
Hors du cercle des temps l'Éternel l'a placée :
Tantôt le ciel la voit, sur des ailes de feu,
Égarer son essor jusqu'au trône de Dieu :

Tantôt elle parcourt, avide de connaître,
Et les siècles passés, et les siècles à naître :
C'est le rapide éclair, dont le sillon ardent
Joint les portes du jour aux rives d'Occident ;
C'est Élie emporté dans un char de lumière,
Et des mondes mortels franchissant la barrière.
Rien ne peut arrêter son vol ambitieux :
A travers les soleils, peuple brillant des cieux,
Elle s'élance, atteint l'indocile comète ;
Épié, poursuivi dans sa marche secrète,
Cet astre déserteur lui révèle ses lois :
Elle triomphe, vole, et plongeant à la fois
Dans les airs, dans les eaux, dans les flancs de la terre,
Rend de sa royauté l'univers tributaire ;
Et l'incrédule obscur, sans honte, sans remord,
Ose la détrôner pour conquérir la mort,
Ou n'accorde à son rang qu'un éclat éphémère.
Tous les siècles, courbés sous la gloire d'Homère,
Passent, en saluant, le monument fameux
Que ce mâle génie édifia pour eux.
Jusqu'au terme des temps, devenus leur conquête,
Voleront respectés les accords du Prophète :
L'œuvre de la pensée a partout des autels :
La tige qui produit tant de fruits immortels,
Du souffle de la mort ne sera point flétrie.

Si ce globe d'argile est ma seule patrie,
Pourquoi tous ces désirs désordonnés, brûlants,
Sans borne, et de mon cœur impétueux élans ?

Cette soif de bonheur, besoin involontaire,
Que même la vertu ne saurait satisfaire ?
Pareils à la colombe, agile messager,
Que l'Arche vit jadis s'enfuir d'un vol léger,
Nos désirs, animés d'une inconstante flamme,
Pour chercher le bonheur s'exilant de notre âme,
Vers mille objets divers se laissent emporter ;
Mais sur rien de mortel ne pouvant s'arrêter,
Ils viennent, détrompés d'un espoir infidèle,
Se reposer encor dans cette âme immortelle.

Oui, lorsque l'homme, épris de terrestres amours,
De chimère en chimère a promené ses jours,
Désenchanté des biens que le vulgaire envie,
Il jette avec dédain les hochets de la vie ;
Il arrache à l'espoir un masque suborneur,
Des caprices du monde affranchit son bonheur,
Songe à se séparer de cette argile impure,
Que pour quelques instants lui prêta la nature ;
Creuse déjà sa tombe, et s'essaie à la mort.
Son âme impatiente appelle un autre sort,
S'indigne de la nuit qui l'enveloppe encore,
Et d'un jour immortel sollicite l'aurore.

Ce désir, ce besoin d'une immortalité,
L'incrédule l'éprouve, il en est tourmenté ;
Sur les pas de la gloire il veut que son fantôme
Vole, et de l'avenir traverse le royaume.
Mais l'immortalité qu'espèrent ses travaux,
Est celle de l'orgueil, est celle des tombeaux ;

Sa folle ambition, de quelque renommée,
Par des forfaits souvent achète la fumée.
Eh bien, qu'il s'interroge à son dernier instant !
Sur sa couche de mort la Vérité l'attend.
Aux portes du tombeau, le trépas nous confie
D'innombrables secrets que nous cachait la vie ;
Ainsi la nuit révèle aux regards des mortels
Ces orbes enflammés, ces astres éternels
Que le flambeau du jour voilait de sa lumière.

Si nous devons périr avec notre poussière,
De cette voix des cieux l'oracle est mensonger :
Hâtons-nous, *dévorons un règne passager* ;
Vieillissons, abrutis sous le joug d'Épicure :
L'homme, dans l'univers, forme une tache obscure ;
Le sceptre des plaisirs passe aux mains du méchant ;
L'Éternel est le dieu du crime et du néant ;
Je ne vois plus en lui qu'un tyran solitaire,
Et son culte insensé déshonore la terre.

Le même (lieu cité).

CHUTE DU PREMIER HOMME.

Je vais traîner de grands supplices,
Je me suis levé contre toi,
O Seigneur, et de tes délices
Le séjour se ferme sur moi.

Je porte ma vue égarée
Vers les lieux d'un bonheur si doux,
Et je vois luire à son entrée
Le glaive nu de ton courroux.

Il se dresse, il plane, il flamboie,
Dans la main de ton messager,
M'annonçant qu'à la pure joie
Je suis désormais étranger.

Hélas ! au lever de l'aurore,
Dans un céleste enivrement,
Éden que j'aperçois encore,
J'étais ton plus bel ornement :

Ta splendeur, ta magnificence
Avaient été faites pour moi ;
Tout se rangeait sous ma puissance,
Comme sous le sceptre d'un roi.

C'est pour moi que l'Être-Suprême
Orna les tableaux éclatants ;
C'est pour mon cœur, c'est pour moi-même
Qu'il y mit d'autres habitants.

Vous veniez chanter sur ma couche
Votre cantique du réveil,
Oiseaux, vous mettiez dans ma bouche
Aux premiers rayons du soleil,

Ce grand hymne de la nature
Qui montait grave et solennel,
Du sein de toute créature
Vers le trône de l'Eternel.

Quand la nuit étendait son ombre
Dans les solitudes des airs,
Je m'endormais au bosquet sombre,
Au léger bruit de vos concerts.

Dômes de verdure et d'ombrage
Dont ma main plissa les contours,
Je perds ce trop cher héritage
Où coulait l'onde de mes jours.

Et vous, fontaines cristallines
Qui rafraîchissiez mes berceaux,
Adieu vos courses argentines,
Adieu vos murmurants ruisseaux.

Sur les bords de votre surface,
Dans un sacré recueillement
Je ne reverrai plus la face
Du souverain du firmament.

Et dans mon infortune extrême,
Descendant des palais divins,
Ne viendront plus du Dieu suprême
M'entretenir les Séraphins,

J'ai tout perdu de ma richesse ;
Comme un lis qu'on vient de flétrir,
Je n'ai plus de mon allégresse
Qu'un déplorable souvenir.

O mes fleurs, gages d'innocence,
Vous que je cueillais de mes mains,
Avant mon crime et mon offense,
Sur la lisière des chemins.

Je ne verrai plus vos calices,
Au retour de l'aube ou le soir,
Exhalant leurs douces prémices,
Comme l'odeur d'un encensoir.

Et toi, harpe mélodieuse,
Don de la céleste bonté,
Présent de sa main glorieuse,
Pour chanter ma félicité.

A tout jamais je t'ai perdue ;
Sous le dais d'un bosquet en fleurs
Mes doigts te laissent suspendue,
Comme un signe de mes douleurs.

Pleurez, mes yeux, tombez mes larmes,
Le maître jaloux nous poursuit ;
Le jour pour nous n'a plus de charmes,
Et nos maux veilleront la nuit.

Il nous faut arroser la terre
Par le torrent de nos sueurs,
Il faut par un travail austère
En reconquérir les faveurs.

Chaque jour aura ses misères
Et son ténébreux lendemain,
Souvent le fracas des tonnerres,
Et jamais d'horizon serein.

Je subis ta juste vengeance,
O Dieu, sans me plaindre de toi....
Mais les regards de ta clémence
Se reposent encor sur moi !

Péladan (Effusions catholiques).

HYMNE AU CHRIST *.

I.

Le monde t'appelait, triple et sainte Unité !
Le miroir symbolique où rayonne ta face

---

* Ce morceau, encore inédit, doit faire partie d'un nouveau volume de l'auteur de *Marie*, imprimé par Masgana, à Paris, et impatiemment attendu par tous ceux qui aiment la vraie poésie. (*Note de l'Editeur.*)

En fragments sous ses pieds l'homme l'avait jeté :
    de ton miroir, ô Vérité,
    Il fallait refondre la glace.

II.

O mystique pêcheur, le monde t'appelait !
Dans les bourbiers infects nageaient tes créatures :
Toi, les enveloppant des plis de ton filet ,
    Pêcheur mystique, il te fallait
    Les ramener aux sources pures.

III.

Le monde t'appelait, ô doux Crucifié !
Agneau d'expiation ! volontaire Victime !
Pour apaiser du Ciel la juste inimitié,
    Pour retremper dans la pitié
    Les cœurs endurcis par le crime.

A. Brizeux (inedit).

ET HOMO FACTUS EST.

Il apparut enfin. — C'est sur une chaumière
Que la flamme d'en haut, la divine lumière,
    Tomba des cieux brillans ;
Et c'était lui, cet homme, éclatante merveille ,
Après qui soupirait la terre déjà vieille
    De ses quatre mille ans.

2

C'était lui, lui l'espoir des sages, des prophètes,
Dans toutes leurs douleurs et dans toutes leurs fête'
    Lui le prince des rois,
Lui qui devait porter, pour nos maux, pour nos cr^{imes}
Sa tête rayonnante et ses deux mains sublimes,
    Au deux bras d'une croix.

Vient-il ? criait la foule à chaque aube nouvelle ;
Et son regard tendu vers la sphère immortelle ,
    L'interrogeait en vain ;
Mais tous la saluaient, la voûte encore déserte ,
Et chaque siècle, au seuil de sa fosse entr'ouverte,
    Murmurait : C'est demain !

C'est demain que luira l'étincelante aurore !
— Et les siècles passaient sans l'amener encore.
    Une nuit cependant,
Nuit où les cieux lançaient une lumière étrange,
L'éclair devint le jour, et le pied d'un Archange
    Fendit l'espace ardent.

Il est né ! disait-il, au plus haut de la nue.
Et la terre, à ce mot qui perçait l'étendue,
    La terre chancela ;
Et du fond de leur tombe, accourus pour entendre,
Tous les vieux siècles morts secouèrent leur cendre
    En criant : Le voilà !

Turquéty (Poésie catholique).

LA VEILLE DE NOEL.

Entre mes doigts guide ce lin docile,
Pour mon enfant, tourne léger fuseau ;
Seul, tu soutiens sa vie encor débile ;
Tourne sans bruit auprès de son berceau.

Les entends-tu, chaste Reine des Anges,
Ces tintements de l'airain solennel ?
Le peuple en foule entourant ton autel
Avec amour répète tes louanges.

Pour mon enfant tourne, léger fuseau,
Tourne sans bruit auprès de son berceau.

Si je ne puis unir aux saints mystères
Des vœux offerts sur les sacrés parvis,
Si le devoir me retient près d'un fils,
Prête l'oreille à mes chants solitaires.

Pour mon enfant tourne, léger fuseau,
Tourne sans bruit auprès de son berceau.

Porte des cieux, Vase élu, Vierge sainte,
Toi qui du monde enfantas le Sauveur,
Pardonne, hélas ! trahissant ma ferveur,
L'hymne pieux devient un chant de plainte.

Pour mon enfant tourne, léger fuseau,
Tourne sans bruit auprès de son berceau.

Le monde entier m'oublie et me délaisse ;
Je n'ai connu que d'éternels soucis :
Vierge sacrée, au moins donne à mon fils
Tout le bonheur qu'espérait ma jeunesse !

Pour mon enfant tourne, léger fuseau,
Tourne sans bruit auprès de son berceau.

Paisible, il dort du sommeil de son âge,
Sans pressentir mes douloureux tourments.
Reine du ciel, accorde-lui longtemps
Ce doux repos qui n'est plus mon partage !

Pour mon enfant tourne, léger fuseau,
Tourne sans bruit auprès de son berceau.

Tendre arbrisseau menacé par l'orage,
Privé d'un père, où sera ton appui ?
A ta faiblesse il ne reste aujourd'hui
Que mon amour, mes soins et mon courage.

Pour mon enfant tourne, léger fuseau,
Tourne sans bruit auprès de son berceau.

Mère du Dieu que le chrétien révère,
Ma faible voix s'anime en t'implorant ;
Ton divin fils est né pauvre et souffrant :
Ah ! prends pitié des larmes d'une mère !

Pour mon enfant tourne, léger fuseau,
Tourne sans bruit auprès de son berceau.

Des pas nombreux font retentir la ville ;
Ce bruit confus, s'éloignant par degrés,
M'apprend la fin des cantiques sacrés.
J'écoute encor !... déjà tout est tranquille....

Pour mon enfant tourne, léger fuseau,
Tourne sans bruit auprès de son berceau.

Tout dort, hélas ! je travaille et je veille ;
La paix des nuits ne ferme plus mes yeux.
Permets du moins, appui du malheureux,
Que ma douleur jusqu'au matin sommeille !

Pour mon enfant tourne, léger fuseau,
Tourne sans bruit auprès de son berceau.

Mais non, rejette, ô divine espérance !
Ces lâches vœux, vains murmures du cœur ;
Je veux bénir cette longue souffrance,
Gage certain d'un immortel bonheur.

Entre mes doigts, guide ce lin docile,
Pour mon enfant tourne, léger fuseau ;
Seul, tu soutiens sa vie encor débile ;
Tourne sans bruit auprès de son berceau.

Mme TASTU (*Poésies*).

LA VEUVE DE NAÏM.

Jésus, accompagné de sa mère Marie,
S'en allait visiter les champs de Samarie ;
Madeleine , craintive et fuyant son regard,
Le suivait, mais de loin, se tenant à l'écart ;
On voyait près de lui ses Apôtres fidèles.
Aux peuples convertis les offrant pour modèles,
Il voyageait ainsi de vallons en vallons,
S'arrêtait dans les champs sur le bord des sillons,
Du pauvre laboureur bénissait la semence,
Aux puissants de la terre enseignait la clémence,
De la religion prodiguait les secours,
Et tous les malheureux retenaient ses discours.
Le Jourdain réfléchit les feux de l'auréole :
Le Thabor entendit sa divine parole ;
Les cèdres du Liban sur son front adoré
Deux fois ont répandu leur ombrage sacré ;
Et le rocher d'Hermon, sauveur de l'Arche sainte,
De ses pas immortels conserve encor l'empreinte.....

Après avoir franchi les coteaux d'Éphraïm,
Le Fils de Dieu marcha vers l'antique Naïm,
Qu'un miracle divin rend à jamais célèbre.
Or, comme il approchait, un cortége funèbre,
Que le peuple suivait avec recueillement,
Vers l'asile des morts s'avançait lentement.

Dans la fou'e on voyait une femme éplorée ;
Par ses cris déchirants Madeleine attirée
Va se mêler au peuple. A travers les sanglots,
Son oreille attentive a distingué ces mots :
« Arrêtez, laissez-moi descendre dans sa tombe !
» Eh ! ne voyez-vous pas qu'à mon tour je succombe!..
» Où le conduisez-vous ? Rendez-moi mon enfant !
» Oh ! ne l'emportez pas, sa mère le défend !
» J'ai besoin de sa main pour fermer ma paupière :
» Attendez.... c'est à moi de mourir la première ! »

Madeleine à ces cris, le cœur rempli d'effroi,
Interroge un vieillard qui suivait le convoi.
« C'est, répond-il, l'enfant de cette pauvre veuve ;
» Le Seigneur l'a soumise à cette rude épreuve ;
» Ne l'interrompez point dans ses cris douloureux,
» Le silence d'hier était bien plus affreux,
» Son cœur même aux regrets semblait inaccessible:
» A force de douleur elle était insensible.
» Ses larmes aujourd'hui la soulagent du moins.
» Hélas ! elle a perdu l'objet de tous ses soins ;
» Nul espoir ici-bas ne peut calmer sa peine ! »

A ces mots le vieillard s'éloigne ; et Madeleine
Voit arriver la mère et l'entend s'écrier :
« J'ai perdu mon enfant ; je ne veux plus prier ;
» Je priais nuit et jour, et Dieu fut implacable ;
» Mon cœur ne peut suffire aux maux dont il m'accable;
» S'il m'accorde un bienfait, c'est pour me l'enlever;
» Par combien de tourments veut-il donc m'éprouver !

» Ah ! déjà sous le poids d'une douleur amère,
» Je n'étais plus épouse !.... et je ne suis plus mère !...
» O mon fils ! mon seul bien ! mon unique avenir !
» Après l'avoir perdu, que vais-je devenir ?
» Lui dont la voix chérie apaisait ma souffrance !
» Que de fois, près de lui, mon cœur plein d'espérance
» De ses jeunes vertus rendit grâce au Seigneur !
» Les mères d'Israël enviaient mon bonheur.
» Si Dieu, de mon époux bénissant la tendresse,
» M'eût donné d'autres fils pour charmer ma vieillesse,
» Ce premier don du Ciel, ce fils tant désiré,
» Entre tous mes enfants je l'aurais préféré.
» Il n'a pensé qu'à moi jusqu'à sa dernière heure :
» —Hélas ! si jeune encore, il faut donc que je meure !
» Ma mère, disait-il, Dieu me rappelle à lui
» Au moment où mon bras devenait votre appui ;
» Demain j'allais atteindre à ma seizième année :
» Vous passerez sans moi cette heureuse journée.
» Dans ce nouveau malheur qui va vous secourir ?
» Oh ! je pleure sur vous qui me voyez mourir !....
» O mon Dieu ! sauve-moi, pour elle je t'implore ! —
» Voilà ce qu'il disait hier !.... hier encore
» Il était sur mon cœur, et j'entendais sa voix !
» Hier je l'embrassais pour la dernière fois ! »

Elle parlait ainsi dans sa douleur mortelle.
Touché de ses regrets, Jésus s'approcha d'elle ;
Pressentant l'avenir, son grand cœur se troubla :
Une mère souffrait, et la sienne était là.

Cependant il commande ; on s'arrête en silence ;
La mère au même instant vers le cercueil s'élance ;
Alors Jésus lui dit : « Femme, ne pleurez pas. »
Et la veuve aussitôt revenant sur ses pas :
« Ce mot m'a révélé votre pouvoir suprême,
» Vous êtes le Sauveur ! Quel autre que Dieu même,
» Près d'un fils dont la mort vient de la séparer,
» A sa mère oserait défendre de pleurer ? »

Chacun sur sa raison concevait des alarmes ;
Mais pleine de croyance elle essuya ses larmes.
Madeleine attentive est auprès du Sauveur ;
De la veuve il lui fait admirer la ferveur ;
Puis, touchant le cercueil que la foule environne :
« Jeune homme, levez-vous, dit-il, je vous l'ordonne ? »

A ces mots, écartant ses longs voiles de deuil,
Le mort se lève..... et reste assis dans son cercueil.
La foule à cet aspect s'enfuit épouvantée ;
Mais déjà dans ses bras sa mère s'est jetée :
Elle seule de lui s'approche sans effroi,
Et sa félicité s'augmente de sa foi.
De tous les maux passés le souvenir s'efface :
Elle a revu son fils ; c'est bien lui qu'elle embrasse.
Mais le jeune homme encor ne vivait qu'à moitié ;
Car il semblait que Dieu, dans sa noble pitié,
Refusant une gloire à sa mère ravie,
Lui laissât le bonheur de le rendre à la vie.
O transports maternels ! Oh ! comme avec amour
De la vie en ses yeux elle attend le retour !

Voyez-la, séparant sa blonde chevelure,
Rejeter loin de lui la funèbre parure ;
Déjà sur ce beau front où régnait la pâleur
Ses baisers ramenaient une douce chaleur ;
C'en est fait, et la mort abandonne sa proie.
« O ma mère, c'est vous, dit l'enfant plein de joie.
» —Grand Dieu ! s'écria-t-elle, ai-je bien entendu ?
» Quoi ! je suis mère encore, et mon fils m'est rendu !
» La mort n'a point changé ses traits, son doux sourire.
» Oh ! venez, mes amis, partager mon délire ;
» Et toi dont le pouvoir m'aide à le ranimer,
» Ce que je sens, mon Dieu, je ne puis l'exprimer ;
» Mais l'excès de ma joie est ma reconnaissance.
» Oui, je fus moins heureuse au jour de sa naissance :
» Alors c'était bien lui qui vivait dans mes bras ;
» Mais à tout mon amour il ne répondait pas :
» Aujourd'hui, je le sens, il me comprend, il m'aime;
» Et de tout mon bonheur il est heureux lui-même ! »

Elle dit. A sa voix, les Hébreux étonnés
Vers le divin Sauveur sont bientôt ramenés.
« Madeleine, dit-il, regardez cette femme ;
» Puisse un espoir si grand fortifier votre âme ;
» Et vous, peuple, venez contempler ses transports ;
» Du Ciel qui vous attend ce sont là les trésors :
» Ces saints ravissements, ces élans de tendresse,
» Cette extase du cœur et cette chaste ivresse,
» Que ressent cette mère et qui brille en ses yeux,
» Sont presque le bonheur que l'on éprouve aux cieux ;

» Mais ces ravissements qui vont passer pour elle,
» Trouvant près du Seigneur une source éternelle,
» Ne tariront jamais dans le cœur des élus;
» Méritez cette gloire ; allez, ne péchez plus. »

Ainsi sur cette terre où son père l'envoie,
Il montre le bonheur afin que l'on y croie.

Mais son heure est venue, et dès le lendemain
De l'ingrate Sion Jésus prend le chemin ;
Tout au noble dessein qui remplit sa pensée,
Il n'entend pas les vœux de la foule empressée ;
Tandis qu'un peuple entier dont il guérit les maux
Parsemait son chemin de fleurs et de rameaux,
Il marchait nuit et jour à travers la campagne,
Et la croix l'attendait sur la sainte montagne.

Mᵐᵉ Emile Girardin *(Nouveaux Essais)*.

JUDAS.

Voilà ce que j'ai vu par-delà cette terre,
Par-delà l'horizon, ce ténébreux cratère,
Voilà ce que j'ai vu quand la profonde nuit
Enveloppe le ciel comme l'oiseau son nid.

Ici la grande mer, la mer si haut lancée,
Qu'on eût dit les fureurs, les bonds d'une insensée;
Là-bas des ouragans, des tourbillons si forts,
Que leur puissante haleine eût réveillé les morts;
Enfin, par-delà tout, au seuil même du monde,
L'horrible royauté de la flamme qui gronde.

Et c'est là, dans le creux de ce gouffre inconnu,
C'est là qu'un homme sombre, au corps verdâtre et nu,
Se tordait, se brisait dans des flots de fumée,
Sur les pointes de fer d'une roue enflammée.
Cet homme que le Ciel marqua d'un sceau puissant,
Cet homme, c'est Judas, c'est le vendeur de sang,
Celui qui, d'un seul coup dépassant tous les traîtres,
Livra le roi des rois et le maître des maîtres:
Il est là; le remords, indestructible ver,
S'acharne, sur la roue, à sa vivante chair;
Des damnés au front hâve et que la douleur plisse,
Poussent avec la main l'instrument du supplice,
Et ce cercle de bronze, aux aiguillons cruels,
Tourne éternellement sur des feux éternels.

Et lui, malgré la flamme ardente, hérissée,
Lui, souffre encore plus de sa propre pensée,
Car il entend toujours la même douce voix,
La voix qu'il entendit dans les jours d'autrefois:

«Ingrat, que t'ai-je fait pour que ta main me livre?
»Que t'ai-je fait? Ton cœur demandait à me suivre,

»Et moi j'ouvrais mes bras à toutes tes douleurs.
»J'ai déjà tant souffert de ce peuple farouche !
»Réponds : était-ce à toi de replacer ma bouche
　　»Au calice des pleurs?

　　　　»Où veut-on que j'exile
　　　　»Mon angoisse et mes pas?
　　　　»L'abeille a son asile,
　　　　»Moi seul je n'en ai pas.

»Que t'ai-je fait? j'avais épanché la prière
»Sur ton âme saignante, et qui cherchait un père ;
»Tu m'offres le poison quand je t'offrais le miel.
»Hélas ! que devenir, quelle route est la mienne,
»Si ceux-là qui m'aimaient changent l'amour en haine.
　　　　»Et la rosée en fiel?

　　　　»Voyez, ma tête plie
　　　　»Et leur cœur reste sourd;
　　　　»Pas un sein où j'appuie
　　　　»Mon front tremblant et lourd.

»Que t'ai-je fait? j'ai vu l'agneau des pâturages
»S'égarer dans sa voie au milieu des orages,
»Et je suis descendu, car j'étais son appui ;
»Mais je n'ai rencontré que reproche et blasphême,
»Mais le pasteur est seul, et son agneau lui-même
　　　　»S'est tourné contre lui.

»Pas une douce haleine
»Qui me tombe des cieux,
»Pas un vent de la plaine
»Qui ne brûle mes yeux.

»Ah! quand leur haine aveugle, et que je leur pardonne,
»Voulait ensanglanter ma divine couronne,
»Ah! j'espérais au moins quelques larmes ailleurs ;
»Et c'est toi, toi mon fils, l'enfant de mes tendresses,
»Toi que j'avais comblé de toutes mes caresses,
        »C'est toi par qui je meurs !»

                          TURQUÉTY *(Poésie catholique).*

LE CHRIST A GETHSÉMANI.
—

A SON AMI
M. FERDINAND DE CAPMAS,
ANCIEN SOUS-PRÉFET.
— Mars 1831. —

Ne nous étonnons point des mystères sublimes
Où, pour le soutenir sous le poids de nos crimes,
La faiblesse de l'Ange assista le Dieu fort ;
Où, se cherchant lui-même et se trouvant infâme *,
Le bien-aimé du ciel s'écria que son âme
        Était triste jusqu'à la mort.

* « Le Seigneur a été fait péché pour nous. » (Saint Paul, II Co-
rinth. v. 21.)

Ne nous étonnons point si sa douleur profonde
Augmentait en scrutant les annales du monde ;
Si, du fleuve du mal interrogeant le cours,
Il fut soudain couvert d'une sueur sanglante,
Et détourna les yeux d'une image accablante.
    Il avait aperçu nos jours.

Il avait aperçu le deuil de son église,
La langue des enfers chez les hommes admis
Et la nuit descendue au nom de la clarté,
L'assassinat ayant son hymne de victoire,
Et la vertu sa honte, et le crime sa gloire
    Et quelquefois sa sainteté.

Il avait entendu ces sinistres paroles :
« O Christ, c'est vainement que pour nous tu t'immoles :
» A tes autels usés nul n'ose recourir ;
» Nous avons abjuré tes longues impostures ;
» Par toi l'esprit humain a reçu des blessures
    » Dont il veut enfin se guérir.

» Venez, peuples, au lieu d'imbéciles hommages,
» De ce Dieu ridicule abattre les images !
» Le cœur du criminel en est parfois brisé :
» Nous ne voulons rien voir de ce qui nous condamne.
» Quand dans son char doré passe la courtisane,
    » Son œil en est scandalisé.

» Que la main de l'honneur s'y porte la première !
» Soldat, frappe le Dieu qui bénit ta bannière !

» Magistrats, bannissez le Dieu de l'équité !
» Captif, brise celui qui, proscrivant ta chaîne,
» En face des tyrans dont il brava la haine
    » Le premier a dit : Liberté * ! »

Et le Christ les a vus, dans leur sombre énergie,
Bouleverser son temple et sa sainte effigie,
Et dans des lieux souillés de débauche et de vin
Traîner, en un banquet, la croix dont ils se jouent
Comme d'un convié que les autres bafouent
    Afin d'égayer le festin **.

Mais, voyant s'approcher l'heure du sacrifice,
Le Fils de l'homme a dit : « Je boirai le calice,
» Et de ces attentats j'accepte encor le faix !
» Je vais m'acheminer au sommet du Calvaire,
» Et mon sang en tombant inscrira sur la terre
    » Des pardons pour tous les forfaits. »

Et nous, fils de son culte, imitons son exemple !
Sur le profanateur de la croix et du temple
Gémissons ; un remords peut le rendre au Seigneur.
Sous notre affliction que toute haine expire !
C'est le temps de pleurer et non pas de maudire :
    Le ciel même est dans la douleur !

REBOUL (Poésies).

* « Où est l'esprit du Seigneur, là est aussi la liberté. » (Saint Paul,
épître aux Corinthiens.)
** A Reims, la croix fut traînée dans un cabaret.

LA PASSION.

L'Horeb s'est ébranlé jusque dans les nuages,
Les cèdres attentifs inclinent leurs feuillages,
Des frissons inconnus commencent à courir.
Cieux et terre, pleurez dans ce jour formidable,
Le juste va tomber pour sauver le coupable,
      L'immortel va mourir !

Qu'a-t-il fait? pour quel crime a-t-on saisi dans l'ombre
Ce prophète entouré de miracles sans nombre?
Pourquoi dresser la croix, déployer le linceul?
Qu'a-t-il osé? d'où naît cette haine profonde,
Cette haine qui semble ameuter tout un monde
      Autour d'un homme seul?

Ce qu'il a fait ! parlez, répondez au grand-prêtre,
O vous qu'il guérissait, qu'il aidait à renaître,
Esclaves et pécheurs sauvés par un remord,
Vous tous qu'il retira du désespoir farouche,
Vous tous qu'il délivra par un mot de sa bouche
      Des ombres de la mort !

Voilà son crime à lui, la vertu : c'est pour elle
Que le prêtre jaloux le traite de rebelle,
Et livre au fouet vengeur le Christ humilié ;
C'est pour punir enfin ce sacrilège immense
Que la foule bientôt crîra, dans sa démence :
      Qu'il soit crucifié!

3

Les prêtres assemblés par l'ordre de Caïphe
S'entretiennent entre eux dans la cour du Pontife :
« Il est temps d'immoler le prophète nouveau.
Hâtons-nous, mais craignons quelque émeute funeste ;
Il faudra qu'un des siens nous le livre ; le reste
    Est la part du bourreau. »

Judas accourt, Jésus se trouble dans l'attente ;
Il n'est pas de douleur que son cœur ne ressente ;
Son sort est accompli : tout cherche à le briser,
Tout l'abandonne, il va de défaite en défaite,
Vendu pour un peu d'or, trahi dans une fête,
    Trahi dans un baiser.

O traître ! l'avenir que ton nom seul remue
Se souviendra toujours de ce baiser qui tue,
De ce baiser sanglant sur un front qui t'aima !
Toujours, malgré le bruit de leur course infinie,
Les siècles entendront le long cri d'agonie
    Qui sort d'Haceldama !

Le créateur des cieux, traîné devant le juge
Comme un vil criminel qui n'a pas de refuge,
Garde au milieu des coups son céleste maintien :
La populace est là qui le raille et l'outrage ;
On lui frappe la tête, on lui crache au visage,
    Et lui ne répond rien.

Calme à travers les flots de cette plèbe impure,
On a beau l'accabler d'angoisses, de blessure,

Il se résigne à tout, sa pensée est ailleurs ;
Il voit la race humaine après sa délivrance,
Il la voit faible encore, et lui montre d'avance
      Le secret des douleurs.

Qu'il soit crucifié ! cent mille voix ensemble
Jettent ce cri de mort à Pilate qui tremble
Et ne sait que répondre à la foule en courroux ;
« Mais ils est innocent, dit l'envoyé de Rome !
—N'importe, tuez-le ; que le sang de cet homme
      Tombe à jamais sur nous ! »

Vous l'aviez dit, ô Juifs ! et vous fûtes prophètes ;
Vous appeliez ce sang, il tombe sur vos têtes ;
Il y reste malgré dix-huit siècles d'efforts.
Pas un de vos enfants, errants sur chaque route,
Dont le front réprouvé n'en conserve une goutte
      Aussi rouge qu'alors !

L'heure approche ; Jésus monte sur le Calvaire.
— Or, le pâle soleil retirait sa lumière,
Les nuages pesaient sur le roc sillonné,
Et la nature en deuil, pleine de vie et d'âme,
Semblait se lamenter comme une faible femme
      Qui perd son premier-né.

On l'étend sur la croix, dans le sang et la boue.
On redouble d'outrage : on l'attache, on le cloue,
On lui perce le corps avec un rire affreux ;
Puis quand sa voix s'éteint, quand son œil est sans flammes

On dresse à ses côtés deux voleurs, deux infâmes
Pour qu'il expire entre eux.

Et sa Mère était là. Le Disciple fidèle,
L'Apôtre bien-aimé se tenait seul près d'elle ;
Elle était là, muette, en face de la croix,
Tandis que la victime, avec un air céleste,
Consacrait au pardon le faible et dernier reste
De sa mourante voix.

C'était la sixième heure, et jusqu'à la neuvième
L'affront resta pareil, le pardon fut le même :
Tout-à-coup un cri part, Jésus s'est ranimé,
Le cri de l'abandon monte un moment, s'achève ;
Puis de la croix fatale un grand soupir s'élève,
Et tout est consommé.

Il meurt, la nuit s'étend ; je ne sais quel délire
Bouleverse le globe , un vent du ciel déchire
Le voile solennel qui couvrait le saint lieu.
Les pâles spectateurs, qu'un rayon illumine,
Troublés, épouvantés, se frappent la poitrine
En disant : C'était Dieu !

Chrétiens, frappons nous-même avec remord et crainte,
Frappons ce sein rebelle à la volonté sainte :
L'exemple du Très-Haut nous invite aujourd'hui,
Son ardente pitié nous cherche, nous embrasse ;
Il s'abaissa vers nous, tâchons, avec sa grâce,
De monter jusqu'à lui.

Volons au sanctuaire, et là dans les ténèbres,
Courbés sous le fardeau de ces heures funèbres,
Adorons tous Jésus, Jésus notre trésor.
Contemplons bien longtemps, à travers nos pensées
Ce front saignant qui tombe et ces mains transpercées
    Qui nous cherchent encor.

Frères, rallions-nous quand le monde s'écroule ;
Prions pour expier les crimes de la foule,
Prions pour que l'autel reste à jamais vainqueur ;
Marchons près de Jésus dans ce moment d'alarme,
Sans parler, sans pleurer. — Pas de voix, pas de larme,
    Rien qu'un sanglot du cœur ;

Mais un sanglot puissant qui batte, qui soulève
Nos seins tout agités comme un flot sur la grève,
Un sanglot qui lui dise à ce maître de tous :
« Père, nous sommes là : nous n'avons qu'une envie,
C'est de voir se briser notre cœur, notre vie,
    En criant : Gloire à vous ! »

Turquéty (Hymnes sacrées).

LE CHRIST AU TOMBEAU.

CHOEUR DES ANGES.

Seigneur, Seigneur ! se peut-il que l'on meure ?
Quittez enfin cette étroite demeure,

Venez à nous!
Christ, fils de Dieu, né du sein d'une femme,
Qu'attend le ciel, que la terre réclame,
Réveillez-vous!

L'ANGE DE LA PASSION.

Le Christ est au tombeau! je l'ai vu! Du saint voile
Une invisible main a déchiré la toile;
Une nuit lamentable a couvert Golgotha;
Les morts ont secoué leur vêtement de pierre,
Et tout ce jour, de peur de souiller la lumière,
Le soleil s'arrêta!

J'ai moi-même à ce Juste apporté le calice;
J'ai suivi tous ses pas de supplice en supplice;
J'ai vu son front en sang et sa chair en lambeau.
L'immuable justice, en son arrêt sévère,
N'a dû, vous le saviez, s'apaiser qu'au Calvaire :
Le Christ est au tombeau!

CHOEUR DES ANGES.

Seigneur, Seigneur! se peut-il que l'on meure?
Quittez enfin cette étroite demeure,
Venez à nous!
Christ, fils de Dieu, né du sein d'une femme,
Qu'attend le ciel, que la terre réclame,
Réveillez-vous!

L'ANGE DE LA PASSION.

Marthe! de tes travaux où sera le salaire?
A quel maître, ô Marie! es-tu sûre de plaire?
Lazarre! si tu meurs, qui te rendra le jour?
Quel divin protecteur, fragile pécheresse,
A tes pleurs indulgent, couvrira ta faiblesse
　　　De son sublime amour?

Sous quelle main, hélas! de leur bercail chassées,
Viendront se réunir les brebis dispersées?
Le pasteur immolé, que devient le troupeau?...
Qui de l'âme et du corps guérira la souffrance?
Qui parlera de foi, d'amour et d'espérance?
　　　Le Christ est au tombeau!

CHOEUR DES ANGES.

Seigneur, Seigneur! se peut-il que l'on meure?
Quittez enfin cette étroite demeure,
　　　Venez à nous!
Christ, fils de Dieu, né du sein d'une femme,
Qu'attend le Ciel, que la terre réclame,
　　　Réveillez-vous!

L'ANGE DE LA PASSION.

Je pleure, ô Tout-Puissant, d'être l'un de vos Anges!
L'homme ne comprend point ces tristesses étranges,

Votre Christ, est-il dit, renaîtra dans trois jours ;
Mais, pour un de ces jours où vous créez les mondes,
Sait-il combien, Seigneur, il faut de ces secondes
    Qu'il appelle : Toujours ?

Quel feu va succéder aux feux de l'auréole ?
Quelle loi remplacer la sainte parabole ?
Le monde est-il laissé sans guide et sans flambeau ?
Sur l'abîme grondant, l'homme tournoie et flotte ;
Le port demande un phare, et la nef un pilote !
    Le Christ est au tombeau !

CHOEUR DES ANGES.

Seigneur, Seigneur ! se peut-il que l'on meure ?
Quittez enfin cette étroite demeure,
    Venez à nous !
Christ, fils de Dieu, né du sein d'une femme,
Qu'attend le ciel, que la terre réclame,
    Réveillez-vous !...

Mᵐᵉ TASTU (Poésies nouvelles).

LA RÉSURRECTION.

HYMNE TRADUIT DE MANZONI.

Il est ressuscité ! Le linceul et la terre
Ne couvrent plus son front ! Ineffable mystère !

Du sépulcre désert le marbre est soulevé !
Il est ressuscité ! comme un guerrier fidèle
Que le bruit du clairon à son poste rappelle...
    Peuples, le Seigneur s'est levé !

Ainsi qu'un pélerin, à moitié du voyage,
Sous l'abri d'un palmier, couché durant l'orage,
Se lève, et tout rempli de ses célestes vœux,
Secoue en s'éveillant une feuille séchée
Qui, pendant son sommeil, de l'arbre détachée,
    S'était mêlée à ses cheveux :

Ainsi, le mort divin, à l'aube renaissante,
A jeté loin de lui cette pierre impuissante,
Sacrilége gardien de son cadavre-roi ;
Quand son âme, du fond de la sombre vallée,
Au corps qui l'attendait, tout-à-coup rappelée,
    A dit : « Me voici, lève-toi ! »

O Père d'Israel ! quelle voix bienheureuse
Vous a fait agiter votre tête poudreuse ?
C'est lui, l'Emmanuel, le Christ libérateur !
Il a vaincu l'enfer, frémissant sous son glaive.
O vous qui l'attendiez ! oui ! votre exil s'achève ;
    C'est lui, c'est lui, le Rédempteur !

Quel mortel avant lui, dans le séjour suprême,
Vivant, aurait pu voir ce brûlant diadème,

Que l'œil des Chérubins n'ose jamais braver !
Patriarches, c'est lui qui, dans le noir abîme,
Des coupables humains volontaire victime,
    Est descendu pour vous sauver !

Aux Prophètes anciens il voulut apparaître
Quand ces hommes disaient les jours qui doivent naître,
Comme un père à son fils raconte le passé ;
Tel qu'un soleil, brillant dans les déserts du vide
Il se montrait d'avance, à leur regard avide,
    Le Christ par Dieu même annoncé !

Quand le juste Isaïe, aux ardentes paroles,
Proclamait sous les fouets, en face des idoles,
Celui qui pour le monde un jour devait venir !
Quand Daniel, confident des sombres destinées,
Roulait dans son esprit les futures années,
    Se souvenant de l'avenir !

Or, c'était le matin ; Salome et Madeleine,
Tout bas, s'entretenant du sujet de leur peine,
Pleuraient amèrement l'homme crucifié ;
Voilà que du saint temple a chancelé le faîte :
Les bourreaux ont pâli, croyant voir sur leur tête
    Le Dieu qu'ils ont sacrifié !

Un jeune homme étranger, appuyé sur sa lance,
Au pied du monument est debout en silence ;

Ses vêtements sont blancs, son visage est de feu :
« Celui que vous cherchez, ô femme inconsolée,
» Dit-il avec douceur, il est en Galilée,
    » Allez, il n'est plus en ce lieu ! »

Chantons ! qu'à la douleur succède enfin la joie ;
Que l'or accoutumé, que la pourpre et la soie
Resplendissent encor sur l'autel attristé !
Que le Prêtre, vêtu de la robe de neige,
A l'éclat des flambeaux, dans un pompeux cortége,
    Annonce le Ressuscité !

A. Deschamps (Annales Romantiques, 1828).

L'ÉTERNITÉ DU CHRISTIANISME.

A MON PÈRE.

Dans le ciel, au milieu du dernier sanctuaire,
Est un livre, des temps muet dépositaire ;
Les Anges devant lui passent silencieux,
Et l'Archange incliné craint d'y porter les yeux.
Un seul l'ose aborder dans sa majesté sombre,
Et, debout près de lui, veille immobile à l'ombre,
Car toujours dévorante et pareille aux éclairs
Qui, de l'ardent Sina descendus aux déserts,
Réveillèrent jadis Israël dans la poudre,
La parole de Dieu n'en sort qu'avec la foudre.

Quand le Dieu patient se lève pour punir,
Il appelle : à sa voix l'Ange de l'avenir,
Courbé sous le fardeau du livre large, immense,
Aux pieds du Saint des saints le dépose en silence :
Le Ciel à cet aspect s'épouvante... Soudain
La main de Jéhova touche le sceau d'airain,
Le brise, et, soulevant le livre formidable,
Le montre face à face à la terre coupable.
Alors un homme juste et qui vit ignoré,
De l'œuvre des six jours au désert entouré,
Un homme tourmenté d'un inquiet génie,
Qui se nomme Joël, Ézéchiel, Élie,
Et qui, dans la prière, attend qu'un jour aux cieux
Le ravisse vivant quelque char lumineux,
S'endort ; aussitôt l'Ange à ce corps qui sommeille
Vient dérober l'esprit qui médite et qui veille,
Le présente au saint livre, et l'envoie aux mortels
Traduire en sons humains les décrets éternels.

Or un jour qu'un vieux temple, où dort sous chaque pierre
D'un saint des anciens jours la dépouille dernière,
Étalait à mes yeux et ses pâles vitraux,
Et ses Anges brisés sur ses muets tombeaux,
L'avenir m'obsédant d'une image insensée
Vint dans un doute impie égarer ma pensée ;
En regardant assise au loin sur les degrés
La foule indifférente à ces marbres sacrés,
J'osai me demander si la foi de nos pères,
Qui suspendit dans l'air ces dômes séculaires,

Se dérobant mieux qu'eux au temps qui détruit tout,
Quelques siècles passés, serait encor debout.
En ce moment je crus, plein d'un trouble mystique,
Sentir dans mes cheveux un souffle prophétique ;
Mes pieds se détachaient du sol, et dans les cieux
Montaient, et l'horizon grandissait sous mes yeux,
Et pèlerin du ciel, dans un effroi sublime,
De soleil en soleil et d'abîme en abîme,
Je volais jusqu'au centre où chaque astre nouveau
Au premier jour du monde alluma son flambeau ;
Et je vis le saint livre, et des célestes plages
Un souffle s'éleva pour en tourner les pages,
Et je lus, du Très-Haut profane confident,
De nos luttes d'un jour l'éternel dénoûment.

Le conquérant s'est dit : « Fidèle à ma mémoire
» Le Temps est ici-bas le héraut de ma gloire ;
» Du débris des cités il construit mes autels ;
» Vivant, qu'en mon palais la terre voie un temple,
    » Et mort, qu'elle y contemple
» Mon image du front dépassant les mortels. »

Il meurt, et le palais n'est plus qu'une humble tombe,
Le temps frappe, et le bruit de la pierre qui tombe
Accompagne le temps comme un triste concert ;
Et cherchant le secret du lieu qui l'environne,
    Le voyageur s'étonne
De voir tant de débris assemblés au désert.

Hommes, de vos projets confessez la misère,
Ce que vous aviez dit, Dieu seul a pu le faire;
Pour dérouler son œuvre il a l'éternité...
Lorsque sur le chaos s'ouvre sa main puissante,
  A l'œuvre qu'elle enfante
Il peut pour piédestal donner l'immensité.

Se riant des humains dont les phares d'argile
De leurs masses d'un jour pressent la mer docile,
Au front de la montagne il allume un volcan ;
La terre sous sa main s'agite comme l'onde,
  Et quand il brise un monde,
Pour en combler l'abîme, il faut un océan.

« Le temps, de l'infini cette ombre fugitive,
» Ce fleuve d'ici-bas qui dévore sa rive,
» Pour moi, dit le Seigneur, passe comme l'instant
» Qui s'écoule entre un mot que je jette à l'abîme
  » Et le réveil sublime
» Des mondes que ce mot évoque du néant.

» Et pourtant j'ai voulu que dans son court passage
» Ce fleuve à vos regards réfléchît mon image,
» Et qu'heureux de l'espoir d'un immortel destin,
» L'homme, en laissant ses yeux errer parmi les ombres
  » De ses sentiers trop sombres,
» Entrevît dès le soir l'étoile du matin.

» Le jour où de mes mains l'argile obéissante
» Prit sa forme nouvelle et s'échappa vivante,
» Je contemplai mon œuvre et me dis : L'homme est né!
» Il pense, il régnera sur tout ce qui respire,
  » Et son droit à l'empire
» Sera de m'adorer, moi qui l'ai couronné.

» Mais de terre et de feu mystérieux mélange,
» Argile comme l'aigle, esprit comme l'Archange,
» L'homme a besoin que Dieu se livre à ses regards :
» Il faut que, sur l'airain se gravant en symbole,
  » Sans cesse ma parole
» Se rapetisse assez pour entrer dans vos arts.

» Il faut que les métaux se fondent en colonnes,
» Que la hache au Liban dérobe ses couronnes,
» Que les parfums sacrés brûlent sur les hauts monts,
» Et que, paré du lin, un Pontife suprême
  » Écarte l'anathème
» Chaque jour par le crime appelé sur vos fronts.

» Chaque temple a son prêtre, et chaque autel sa flamme
» Mais c'est le même Dieu que leur culte proclame,
» Celui dont chaque nom veut dire l'Éternel,
» Et ces voix, ces parfums, ces harpes, ces présages
  » Sont les vives images
» Par qui je me révèle à tout regard mortel.

» Mais la foi, ce flambeau de vos heures funèbres,
» Mesurant sa lumière à vos froides ténèbres,
» Grandit avec les temps et change avec les lieux ;
» Quand la raison pâlit, ce flambeau la remplace,
     » Et l'homme dans l'espace
» S'élance, à la lueur d'un jour mystérieux.

» Puis, quand elle a franchi ses âges d'impuissance,
» La raison méconnaît son guide et le devance,
» Et d'erreur en erreur traînant l'homme éperdu,
» Croit avoir surpris Dieu dans sa grandeur suprême,
     » Parce que Dieu lui-même,
» La prenant en pitié, vers elle est descendu.

» Trois fois la terre a vu s'élargir mon symbole,
» Trois jours parmi le jour ont ouï ma parole,
» Et ces trois jours divins, isolés dans les temps,
» Ont sur un triple siècle épanché leur lumière,
     » Et sur la terre entière
» Réfléchi de leurs feux les rayons éclatants.

» Dans le berceau d'Adam ma voix est descendue ;
» Par Moïse ravie aux foudres de la nue
» Elle remplit Sion, Sinaï sans éclair,
» Jusqu'au jour où, brisée en son arche imparfaite,
     » Tombe la loi muette
» Devant la loi vivante et le Verbe fait chair.

» Et tu peux croire encor, créature insensée,
» Qu'un jour de six mille ans ait vieilli ma pensée,
» Et que ton Dieu, jouet du ciseau d'un mortel,
» Dans un temple de boue enfermant tout son être,
       » S'endorme avec le Prêtre,
» S'éteigne avec la lampe et tombe avec l'autel !

» Ainsi de siècle en siècle et de plages en plages,
» Ce culte rajeuni pour enchanter les âges,
» N'est qu'un spectacle vain à l'homme présenté,
» Fantôme qui n'a pas la parole et la vie,
       » Monotone féerie,
» Rêve capricieux de mon éternité !

» Mais comment, ô mortels, les combler dans votre âme
» Ces abîmes profonds qui couvent tant de flamme,
» D'où l'instinct de la foi jaillit toujours plus fort ?
» Seul il survit encore à ces heures glacées
       » Où toutes vos pensées
» Vous laissent sans défense en face de la mort.

» Des pâtres d'Abraham j'ai dispersé les tentes,
» Mais pour vous donner l'Arche et ses tables vivantes ;
» Lorsque s'éteint la foudre au sommet du Sina
» Le Messie apparaît, et, par sa main féconde,
       » Renouvelle le monde ;
» Mais si sa voix se tait, quelle voix parlera ?

4

» Que les sages, en proie à leur risible audace,
» M'appelant l'infini dans le temps et l'espace,
» Regardent en pitié le peuple et le pasteur.
» Pour toi qui t'es nommé voyageur sur la terre
  » Je suis encore un père,
» Pour eux je suis un juge et me nomme Seigneur.

» Laisse-leur la raison, fantôme de leurs veilles ;
» C'est pour toi que le ciel déroule ses merveilles,
» Pour toi que l'Évangile ici-bas descendit,
» Toi qui me vois encore entouré de mes Anges,
  » Gardé par leurs phalanges,
» Et le pied sur le front de l'Archange maudit.

» Ne dis pas que ma loi n'est plus qu'une ombre vaine,
» Qu'il faut un nouveau monde à la pensée humaine,
» Que le temps qui flétrit les générations
» Entre les mains du Prêtre a brisé la croix sainte,
  » Et que dans son enceinte
» Le temple ne voit plus venir les nations.

» Que reste-t-il au ciel à raconter à l'homme ?
» Tout le ciel est entré dans la nouvelle Rome :
» Quand j'ai donné mon fils, hommes, que voulez-vous?
» A moins que Jéhova, dans son œuvre en détresse
  » Lui-même n'apparaisse,
» Et d'un regard de feu ne vous consume tous.

» Achevez vos accords, épanchez vos murmures,
» Masjestueuses mers, jours éclatants, nuits pures !
» Étouffez les clameurs qui blasphèment ma loi,
» Et ne laissez monter que la voix solennelle
  » Du juste qui m'appelle,
» Croit au jour de demain et s'endort dans ma foi. »

Et quand je m'éveillai, je vis dans la poussière
Le peuple, prosterné durant le saint Mystère,
Attendre avidement le souffle de l'esprit ;
Et le Prêtre disait : « Enfants, il est écrit :
» Voici qu'avec l'airain j'ai bâti mon Église,
» Sur son roc éternel la retrouvant assise
» Les siècles passeront, vains dans leur vain orgueil,
» Car tout le sang d'un Dieu coulera sur le seuil. »
C'est ainsi qu'à la voix de l'Église invisible
L'Église d'ici-bas mêlait sa voix paisible,
Et qu'en leur double langue, au Dieu de l'univers,
Les deux Jérusalem renvoyaient leurs concerts.

A. DE LATOUR (La Vie intime).

CANTIQUE DES ENFANTS A MARIE.

 L'orage dans le lointain gronde,
 Et la tempête ouvre une aile de feu ;
De sinistres rumeurs et des cris contre Dieu,
Tels qu'un bruit souterrain, hurlent au fond du monde.

Hélas ! nos jeunes cœurs en sont glacés d'effroi ;
Que deviendrions-nous, douce Vierge, sans toi ?

Quand l'aigle à la cruelle serre,
Dardant sur eux ses avides regards,
Vient fondre tout-à-coup sur les poussins épars,
Pauvre tendre famille, ils courent à leur mère ;
Quand le monde nous veut entraîner sous sa loi,
Que deviendrions-nous, douce Vierge, sans toi ?

Épris d'une folle sagesse,
Aux vils plaisirs abandonnant ses jours,
Nous entendrons l'impie, en ses affreux discours,
Appeler Dieu mensonge et la vertu faiblesse ;
Alors qu'il essaîra d'ébranler notre foi,
Que deviendrions-nous, douce Vierge, sans toi ?

Dans cette vie où tout se fane,
La paix de l'âme aussi bien que la fleur,
Où les nobles pensers qui germent dans le cœur,
Sont flétris, en naissant, par un souffle profane,
Où sur les fronts mortels le dégoût siège en roi,
Que deviendrions-nous, douce Vierge, sans toi ?

Reçois donc tes enfants, Marie ;
De ces dangers qui menacent leurs pas,
Sauve-les : tout espoir est, pour eux, dans tes bras ;
Tes bras, tes bras chéris, c'est là notre patrie ;

Car, si toujours périt qui n'a d'appui que soi,
Que deviendrions-nous, douce Vierge, sans toi?

L'abbé A. DUPUY *(Chants de l'Aurore)*.

PRIEZ POUR NOUS.

O Vierge immaculée,
O lis de la vallée,
Fleur près de qui nos fleurs
Perdraient de leurs couleurs,
Vierge et mère ingénue,
Étoile de la nue,
Nous sommes à genoux :
Priez, priez pour nous!

O Reine glorieuse,
Rose mystérieuse,
Sanctuaire où le cœur
Dépouille sa langueur,
Où l'âme est appelée
Et bientôt consolée,
Nous sommes à genoux :
Priez, priez pour nous!

Fontaine où l'on s'abreuve
Comme aux vagues du fleuve,

Où l'on boit chaque jour
L'eau pure de l'amour ;
Arche de l'alliance,
Aurore d'innocence,
Nous sommes à genoux :
Priez, priez pour nous !

Parfum, source efficace
De rosée et de grâce,
Miroir éblouissant,
Refuge caressant,
Ineffable patronne
Qui plaint et qui pardonne,
Nous sommes à genoux :
Priez, priez pour nous !

Auréole bénie
Lumière indéfinie,
Perle au reflet si beau,
Doux et chaste flambeau,
Souveraine de gloire,
Lampe d'or, tour d'ivoire,
Nous sommes à genoux :
Priez, priez pour nous !

Priez pour nous, Marie,
Pour nous dont le cœur prie,

Vase rempli de miel,
Astre et porte du ciel,
Astre qui nous éclaire
D'un rayon tutélaire,
Nous sommes à genoux :
Priez, priez pour nous !

Priez pour nous, car l'âme
Tremble comme une flamme
Dans ce morne désert,
Où la foule se perd,
Dans cette ombre suivie
Qu'on appelle la vie ;
Nous sommes à genoux :
Priez, priez pour nous !

O Vierge aimable et pure,
L'encens de la nature
Touche moins votre cœur
Qu'un seul cri de douleur ;
Souriez donc, ô Mère,
Aux larmes de la terre,
Nous sommes à genoux :
Priez, priez pour nous !

TURQUÉTY (Poésie catholique).

LA SOURCE DIVINE.

A S. A. R. MONSEIGNEUR LE DUC DE M***, LE JOUR DE SA 1re COMMUNION.

22 Mai 1837.

Prince, il est sur la terre une source divine,
Dont on connaît d'abord la céleste origine;
Qui, du cœur rafraîchi, se répand dans les sens,
Et fait venir aux yeux des pleurs reconnaissans.
Il est des jours, des lieux, où de subites flammes
D'une sainte auréole illuminent nos âmes;
Souvenir incomplet, frémissement divin,
Des premiers jours du monde écho vague et lointain.

Cette grâce de Dieu, ce sentiment céleste,
J'ai bien souvent rêvé sur ce qui nous l'atteste :
Tantôt, c'est le soupir qui du cœur satisfait
S'exhale, à voir le bien de l'aumône qu'on fait.
C'est la vierge au front blanc, sur sa harpe penchée,
A ses accords divins tenant l'âme attachée;
Pure, belle, paisible, et recevant des cieux
Le charme de sa voix, le regard de ses yeux.
C'est, le matin, le soir, la longue rêverie
Sur Dieu, sur nos enfants, nos fleurs, notre patrie.
Du voyageur lassé, c'est le penser soudain
Qui le saisit au pied de la Croix du chemin.
C'est, aux saints jours, le chant des antiques louanges;
Le sommeil d'un enfant que regardent les Anges;

L'orgue, de sons plaintifs emplissant le saint lieu ;
Le front du laboureur incliné devant Dieu.
Mais, surtout, c'est, à l'âge où le péché s'avance
Pour saisir et souiller la robe de l'enfance,
Le Christ le repoussant de sa divine main,
Et sauvant nos enfants par un céleste hymen.
C'est à le voir chercher ses brebis écartées,
Et parfois près du gouffre, en naissant, emportées ;
C'est lorsque sa voix dit : « Satan ! retire-toi,
» Que viens-tu faire ici ? ces enfants sont à moi ; »
C'est quand le Fils divin les mène au divin Père,
Leur murmurant tout bas sa sublime prière ;
C'est alors, les voyant sur le marbre à genoux,
Qu'en flots plus abondants l'eau sainte coule en nous.

O festin solennel ! union chaste et pure !
Hymen du Créateur avec la créature !
Table où j'ai vu s'asseoir, nourris du même Pain,
Le fils du Roi, l'enfant du pauvre et l'orphelin,
Qui nous écarte donc de vos Cènes ouvertes
A nos cœurs altérés, à nos âmes désertes ?
Ne savons-nous plus rien de ces temps bienheureux
Où l'on nous apprenait à regarder les cieux ?

Prince ! que la leçon de vertu fraternelle
Que vous donne aujourd'hui la Sagesse éternelle,
Laisse au fond de votre âme et dans votre avenir
De ses enseignements un plus long souvenir !
Heureux encor nos temps, où les Grands de la terre
Savent courber leurs fronts devant le Sanctuaire,

Et mènent leurs enfants du palais à l'autel,
Afin qu'ils sachent bien ce qu'ils doivent au Ciel !
Gardez comme un trésor la divine semence
Qui tombe en votre sein, ô Royale innocence !
Les fruits en seront doux, sains et rafraîchissans,
Pour chacun de vos jours, pour chacun de vos ans :
Rien ne vous manquera, jeune ou blanchi par l'âge,
La science et l'amour, la douceur, le courage.
Lisez, apprenez tout dans le livre de Dieu ;
Il est tout et pour tous, à toute heure, en tout lieu.
Que ce rayon d'en haut, conservé dans votre âme,
Éclaire votre marche et soit comme la flamme
Qui conduisait Moïse au royaume annoncé :
Au premier pas du ciel ce jour vous a placé.
Oh ! rappelez-vous bien ces touchantes prières
Qu'exhalaient avec vous tous ces enfants, vos frères ;
Et comme aime Jésus, ô mon Prince, aimez-les !
Méditez leur bonheur au fond de vos palais.
Vous les retrouverez, ou loin, ou près du trône,
Magistrats ou guerriers, soutiens de la couronne,
Si les leçons de Dieu leur ont bien profité,
Et rendant à César le tribut mérité.
Ils se rappelleront et le jour, et le temple
Où de l'humilité vous leur donniez l'exemple :
Qu'ils disent, vous voyant près du trône, affermi :
« Il est doux et puissant, notre Royal ami ;
» Et voilà bien encor l'auréole sacrée,
» Couronne de Jésus, et de tous adorée,
» Dont il couvre les fronts des enfants à genoux. »
O Prince ! aimez toujours ceux qui prient avec vous.

Et nous, tristes pécheurs, errant sur les abîmes.
Renouvelons nos cœurs à ces scènes sublimes ;
Tâchons de ressembler à ces petits enfants,
Dans les cieux entr'ouverts aujourd'hui si puissants !
Et pressons-nous de boire à ces pures fontaines,
D'y rafraîchir l'aigreur des discordes humaines ;
Rapprochons-nous aussi des beaux jardins du ciel,
Écoutons-en les voix, recueillons-en le miel ;
Allons au temple, aux champs, aux pauvres, au Calvaire ;
Regardons les enfants, écoutons la prière ;
Trop long-temps loin de là se sont perdus nos pas :
Revenons *ramasser les miettes du repas.*

ULRIC GUTTINGUER *(Fables et Méditations.)*

SAINTE THÉRÈSE.

Emporte-moi, douce pensée,
Effusion d'un cœur jaloux ;
Je suis la veuve délaissée,
Emporte-moi vers mon époux.
Époux divin, céleste aurore
Que je brûle de voir éclore,
Ah ! je languis dans ce désert.
Comme il est sombre ! que d'espace
Entre le sol où mon pied passe
Et la nue où mon cœur se perd !

Je fuirai les sentiers du monde,
Le monde a des plaisirs qui me brisent le cœur ;
J'éviterai sa fange immonde
Qu'il recouvre de miel et qu'il nomme bonheur.
Ah ! ce bonheur vaut-il la paix que j'ai trouvée,
La paix dont j'ai l'âme abreuvée,
Depuis que dans un rêve, entre l'ombre et le jour,
J'ai vu la sphère indéfinie
Et les nuages d'harmonie
Où flottait le cygne d'amour ?...

Oh ! secouez vos vives flammes
Sur mon front défaillant qui se redresse en vain :
Seigneur, Seigneur, âme des âmes,
Absorbez-moi dans votre sein.
Votre amour me consume ; abritez la faiblesse
De l'agneau que la ronce blesse,
Je suis là dans l'attente ; ouvrez enfin le port,
Ouvrez, car je languis, mon âme est toute en fièvre:
Seigneur, Seigneur, trempez ma lèvre
Dans le doux vase de la mort.

La mort est un riant mystère,
Un prélude délicieux ;
Laissez descendre à ma prière
Son parfum qui clora mes yeux.
Seigneur, c'est là, dans la mort même,
Que l'on rejoint ce que l'on aime,

C'est l'aube pure après la nuit ;
C'est là qu'un dernier rideau tombe,
Et que l'âme devient colombe
Pour s'envoler jusqu'à son nid.

Oh ! faut-il que rien ne l'abrége,
Ce sentier qui fait tant de mal ?...
O mon époux ! oh ! quand pourrai-je
Vêtir le linceul nuptial ?
Que de fois lasse d'espérance,
Que de fois j'ai rêvé d'avance
Ce jour qui serrera nos nœuds !
Seigneur, vous permîtes ce rêve,
Seigneur, souffrez que je l'achève
Dans la réalité des cieux.

Transports du cœur comment vous peindre
Avec la langue d'ici-bas ?
Mon Dieu, mon Dieu, qu'ils sont à plaindre
Les insensés qui n'aiment pas !
Amour, flamme innée et secrète,
Malheur au sein qui te rejette,
Malheur à l'âme qui te fuit !
Amour, amour, trésor du sage,
Doux éclair qui n'as point d'orage,
Doux soleil qui n'as point de nuit.

Mon bien-aimé, ma seule joie,
Sauveur d'un monde trop puni,

Vous avez éclairé ma voie,
Mon bien-aimé, soyez béni.
L'éclat du rang, le diadème,
Ne fixent point votre œil suprême,
C'est plus bas qu'il aime à chercher :
Mon Dieu, votre pitié préfère
L'humble fleur dans son coin de terre,
La goutte d'eau dans son rocher.

Aussi, malgré mon impuissance
A peindre un désordre si doux,
Je vous parle dans votre absence
Comme si j'étais près de vous.
Je vous parle avec la nature,
Avec la terre qui murmure,
Avec les mille voix du ciel :
Terre et ciel tout semble répondre,
Et je sens mon âme se fondre
Dans ce grand hymne universel.

Seigneur, Seigneur, brisez ma chaîne,
Ouvrez les rangs de vos élus ;
Mon œil s'éteint, mon pied se traîne,
Mon cœur s'en va, je ne vis plus.
Le doux reflet de l'autre aurore
Me suit, me brûle et me dévore :
Mon Dieu, daignez me secourir.
Pitié ! mon Sauveur adorable !
Pitié ! car tant d'amour m'accable,
Et je meurs de ne pas mourir !

Turquéty (Poésie Catholique).

UN NOM.

Un nom dont ils ont peur, ceux que la foule vante ;
Celui qui rend la pierre ou la toile vivante,
L'historien profond, le tribun, le guerrier,
Le poëte au front ceint de gloire et de laurier ;

Un nom que sait l'enfant à peine à la charrue,
Qui n'est pas au forum, qui n'est plus dans la rue ;
Un nom qu'entre les noms dont tout mur est doré
Le regard du croyant n'a jamais rencontré,
Qu'on refoula jadis aux creux des catacombes,
Hélas ! et qui s'efface aujourd'hui sur les tombes ;
Un nom plus grand pourtant que tous ceux qu'on dirait,
Dont l'univers jamais n'a gardé le secret ;
Un nom que l'Océan dans tous ses flots murmure,
Que redit tout oiseau, tout bruit dans la nature,
Qui s'épèle le jour et se lit dans la nuit,
Pour qui tout astre flotte et tout soleil reluit ;

Un nom, mystérieux symbole,
Talisman divin qui console,
Parfum tombé du haut des cieux,

Qui remplit tout de son arome
Plus fort et plus doux que le baume,
Ou le nard le plus précieux ;

Astre serein qui se balance,
Voix qu'on entend dans le silence,
Qui fait tressaillir les esprits,

Echo que le ciel à la terre
A confié comme un mystère
Mais qu'il aura bientôt repris ;

Diapason du saint Cantique
Que, dans son délire extatique,
L'Archange redit au Seigneur ;

Voile transparent qui nous cache
La gloire et la beauté sans tache,
Des élus éternel bonheur ;

Un nom que pour salut la nuit dit à l'aurore,
Qu'aux quatre vents du ciel le soleil dit encore,
Et que, mieux que la nuit, le soleil ou le jour,
A toute heure au-dedans nomme et chante l'amour.
Ton beau nom, ô Jésus ! si mielleux à ma bouche,
Intime accord qui seul me ravit et me touche ;
Pour ma lèvre brûlante enivrante liqueur,
Pain céleste dont seul s'alimente mon âme,
Foyer où mon désir court rallumer la flamme
Qui, pour le consumer, retombe sur mon cœur !

Oh ! vite effacez sous la boue
Tout autre nom que celui-là ;

Qu'importent tous les noms qu'on loue
Au grand nom que Dieu révéla ?
La gloire ? c'est un bruit futile ;
La puissance ? un arbre infertile ;
La fortune ? un poids inutile...
Oh ! vite effacez tout cela.

Jésus ! voilà le nom céleste
Qui doit nous tenir lieu de tout ;
Hors de Jésus il ne nous reste
Que lie, amertume et dégoût.
Mais en lui gît toute allégresse,
Paix, liberté, bonheur, ivresse ;
Oh ! qu'à le louer tout s'empresse,
Qu'il soit seul exalté partout.

C'est le nom que le ciel adore
Et que l'enfer n'ose nommer ;
C'est le nom que la terre implore
Et qui seul commande à la mer.
Donc, qu'entre tous chacun choisisse
Selon ses goûts et son caprice ;
C'est toi seul, nom plein de délice,
C'est toi seul que je veux aimer.

Un nom dont ils ont peur, ceux que la foule vante ;
Celui qui rend la pierre ou la toile vivante,
L'historien profond, le tribun, le guerrier,
Le poète au front ceint de gloire et de laurier.

5

Ils en ont peur... Pourquoi ? j'ose à peine le dire ;
Je le dirai pourtant, dussent-ils me proscrire :
C'est que ce nom puissant, miel dans un vase saint,
Est un poison amer dans un coupable sein.
C'est qu'il veut, pour verser ses brûlantes extases,
Que la bouche et le cœur soient purs comme les vases
Où le Prêtre, le soir, dépose son encens ;
C'est qu'il n'a point d'échos dans le monde des sens ;
C'est qu'il condamne haut les voluptés infâmes,
Et la gloire mondaine, idoles de leurs âmes ;
C'est qu'il prêche la paix et l'amour fraternel ;
Qu'il refoule l'orgueil, ce cancer éternel ;
C'est qu'il est tout du ciel et qu'ils sont de la terre ;
C'est qu'un remords puissant les oblige à le taire,
Et que leur front rougit dès qu'on l'a prononcé :
Entre eux et ce saint nom ils ont mis un nuage,
La volupté fangeuse ou l'orgueil insensé ;
Puis ils ont dit : Voyez, le ciel est noir d'orage,
      Oh ! le soleil est éclipsé.

Eh ! ce nom, cependant, que votre orgueil blasphème,
Qui vous fait peur, ingrats, c'est le Verbe suprême,
Qui tira l'univers du chaos du péché ;
Il a rendu la vie à l'esprit desséché,
Réhabilité l'homme et sauvé le génie ;
Il a créé le beau, le noble, l'harmonie ;
Sans ce nom cher au ciel et terrible à l'enfer,
Vous ramperiez encor devant des dieux de fer,
Et, putrides échos de l'Olympe adultère,
De lubriques accents vous souilleriez la terre.

Artistes ou savants, c'est à ce nom sacré
Que votre œil doit le jour dont il est éclairé...
Poëte, c'est à lui que ta muse plus pure
Doit de planer ainsi sur toute la nature ;
L'enthousiasme heureux qui te brûle au-dedans
N'est qu'un pâle reflet de ces rayons ardents
Qu'il apporta du ciel au séjour où nous sommes,
Et qu'il désire tant voir brûler chez les hommes.
Mais ce nom vénéré n'est pas un de ces sons
Que chaque siècle emporte avec nous qui passons ;
Du nom de Jéhovah syllabes adoucies,
Que la poudre des temps n'aura pas obscurcies,
Sceau buriné par Dieu sur l'homme racheté,
Il doit survivre à tout, et dans l'immensité
Vous verrez les rochers danser l'horrible ronde,
L'Océan jusqu'au ciel vomir toute son onde,
La terre s'entr'ouvrir et les cieux s'affaisser,
Plutôt que ce grand nom pâlir et s'éclipser.

O honte ! Jupiter, bloc de marbre ou d'argile,
S'entendait invoquer par Horace et Virgile,
Qui croyaient lui devoir le début de leurs chants ;
Et des bardes nourris de ses secrets touchants,
Enfants gâtés de Dieu, n'oseront faire lire,
Entre les mille noms qu'exhale leur délire,
Le nom qui, dans l'enfer, au ciel et parmi nous,
Fait courber toute tête et plier tous genoux !

L'abbé DEVOILLE (*Voix de la Solitude*).

L'ANGE ET L'ENFANT.

ÉLÉGIE A UNE MÈRE.

Un ange au radieux visage,
Penché sur le bord d'un berceau,
Semblait contempler son image,
Comme dans l'onde d'un ruisseau.

« Charmant enfant qui me ressemble,
» Disait-il, oh! viens avec moi!
» Viens, nous serons heureux ensemble;
» La terre est indigne de toi.

» Là, jamais entière allégresse :
» L'âme y souffre de ses plaisirs ;
» Les cris de joie ont leur tristesse,
» Et les voluptés, leurs soupirs.

» La crainte est de toutes les fêtes ;
» Jamais un jour calme et serein
» Du choc ténébreux des tempêtes
» N'a garanti le lendemain.

» Eh quoi! les chagrins, les alarmes,
» Viendraient troubler ce front si pur !
» Et par l'amertume des larmes
» Se terniraient ces yeux d'azur !

» Non, non ; dans les champs de l'espace
» Avec moi tu vas t'envoler ;
» La Providence te fait grâce
» Des jours que tu devais couler.

» Que personne dans ta demeure
» N'obscurcisse ses vêtements ;
» Qu'on accueille ta dernière heure
» Ainsi que tes premiers moments.

» Que les fronts y soient sans nuage,
» Que rien n'y révèle un tombeau ;
» Quand on est pur comme à ton âge,
» Le dernier jour est le plus beau. »

Et, secouant ses blanches ailes,
L'ange, à ces mots, a pris l'essor
Vers les demeures éternelles.....
Pauvre mère !... ton fils est mort !

Reboul (Poésies).

LE PRÊTRE.

— Ami, mais dites-moi, que vous a fait cet homme
Dont le vêtement noir vous rend si furieux ?
Pourquoi, s'il vous salue avec grâce et vous nomme,
Sans lui dire bonjour détournez-vous les yeux ?

— Ce Prêtre ? je le hais et voilà tout ; ma haine
N'a rien de personnel, c'est pur amour du bien ;
Cette engeance à mes yeux souille la race humaine ;
Je méprise sa foi ; son Dieu n'est pas le mien.

— Il fait du bien pourtant, peut-être plus qu'un autre ;
Car s'il est pauvre d'or, si sa vie est sans fleurs,
C'est qu'en ce monde avide, où Dieu le fit Apôtre,
Il a pris pour sa part le pauvre et les douleurs.

— Il prêche l'esclavage aux frais du despotisme.
— A qui donc, s'il vous plaît ? il ne parle qu'à nous,
Et c'est de Dieu qu'il prêche... — Et dans son fanatisme
Il proscrit le savoir pour mieux régner sur vous.

— Il garda seul longtemps le dépôt des sciences,
Il enseigne la vie au petit comme au grand,
Il porte la lumière au fond des consciences,
Et pour le vice seul il est intolérant.

— Il fait un Dieu gorgé de fiel et de vengeance,
Sur les faibles humains toujours prêt à tonner...
—Et, juste, il dit que Dieu, toujours plein d'indulgence,
Pour un aveu sincère est prêt à pardonner.

— Il méconnaît les lois de son pays... — Sottise !
Il répète souvent : Tout pouvoir vient de Dieu ;
Obéissez au roi, même s'il tyrannise ;
Le maître remettra chaque chose en son lieu.

— Il porte le désordre au sein de nos familles...
— Et chaque jour il dit : Enfants, soyez soumis ;
Pères, soignez vos fils ; mères, guidez vos filles ;
Chrétiens, du fond du cœur aimez vos ennemis.

— Il proscrit le plaisir et parque la jeunesse...
— Il dit : Voyez les maux que les voluptés font,
L'homme est faible, fuyez l'occasion traîtresse,
Le miel est sur le bord, la lie amère au fond.

— Mais je le hais, vous dis-je, et de haine profonde..
—Je comprends : sa présence est pour vous un remord ;
Passez, ingrat, passez ; peut-être, au bout du monde,
N'aurez-vous que lui seul à votre lit de mort.

L'abbé Devoille *(Voix de la Solitude.)*

LA CONVALESCENCE D'UN ENFANT.

—Réveillez-vous, ma sœur, votre enfant vous appelle ;
Ses yeux se sont ouverts, et sa bouche a parlé ;
Un Ange l'emportait vers la vie éternelle,
Mais il a vu vos pleurs, et ses pleurs ont coulé.

Trois fois l'enveloppant de ses divines ailes,
Il a pris dans ses bras le cher petit fardeau,
Et trois fois, en voyant vos larmes maternelles,
L'a replacé lui-même au fond de son berceau,

Disant, et cette voix harmonieuse et tendre
Vibrait si doucement que mon cœur se mourait,
Et comme un écho vague il me semblait entendre
Les mots mystérieux que l'Ange murmurait :

« Vis, ton berceau du ciel n'était pas prêt encore ;
Vis tout le jour de l'homme, enfant, et ses regrets ;
L'heure la plus charmante est celle le l'aurore :
Heureux qui la peut voir, et qui s'endort après !

Tu devais seulement porter la plus légère,
Mais ta mère a crié : Seigneur, je ne veux pas !
Et près de Dieu, là-haut, toujours veille une mère
Qui n'a point oublié ses peines d'ici-bas.

Enfant, tu vas reprendre, en ces sentiers de fange,
Ton voyage un moment troublé par la douleur :
De toi, parmi les siens, Dieu voulait faire un ange,
Reste, entre les vivants, un ange par le cœur.

Dans ce monde où tout ment, le front et la parole,
Où le regard lui-même a perdu sa beauté,
Couronné d'innocence à défaut d'auréole,
Reste petit enfant par la simplicité.

Cette fleur de Sagesse, en grâce si féconde,
Laisse-la dans ton sein croître et s'épanouir.
Son parfum exhalé, nul soleil de ce monde
Ne saurait désormais la faire refleurir.

Le pauvre que la faim chasse de ville en ville
Rencontre quelquefois l'Aumône vers le soir,
Mais sur le seuil ingrat d'où le vice l'exile
L'Innocence jamais ne reviendra s'asseoir.

Et tu ne voudrais pas que Dieu dît, en son heure,
A celle dont l'amour et les soins t'ont sauvé :
« J'ai laissé mon trésor caché dans ta demeure,
Et, durant ton sommeil, les voleurs l'ont trouvé. »

A. DE LATOUR (Loin du Foyer).

LA MENDIANTE DU CIMETIÈRE.

La pauvre femme est là devant le cimetière,
Bien vieille et ne pouvant presque se soutenir,
Elle implore une aumône et prie, et sa prière
    Parle de mort et d'avenir.

Là, du matin au soir, tous ceux que l'on enterre
Passent devant ses yeux avec leur blanc linceul,
Là, vient la jeune fille et puis la vieille mère,
    Et puis l'enfant, et puis l'aïeul.

Elle voit les regrets, les douleurs et les larmes,
Elle sait que beaucoup ont tremblé de mourir,
Mais, pour elle, elle peut y songer sans alarmes,
    Pour elle, mourir c'est dormir.

Le monde dur et froid la dédaigne et la chasse,
Et personne ne vient s'attacher à son sort,
Mais pour se consoler, d'avance elle a pris place
  Dans cet asile de la mort.

Revenez quelque jour revoir ce cimetière,
Vos yeux la chercheront et ne la verront pas,
Car elle aura quitté son vieux siége de pierre
  Pour reposer un peu plus bas.

X. MARMIER (inédit).

LA RÉSIGNATION.

DIEU, qui donnes la vie à tout ce qui respire,
Au malheureux qui pleure, à l'oiseau qui soupire,
Au grain dans le sillon, au poisson dans les eaux,
Dieu bon, Dieu tout-puissant, tu connais mes misères,
Tu connais mes besoins ; car l'âme est sans mystères
Pour celui qui du monde alluma les flambeaux !

Ah ! si ma volonté te demeure fidèle,
Si je garde en mon cœur ta parole éternelle,
Ordonne, fais de moi ce que tu croiras bon :
Je suis soumis d'avance à ta loi souveraine,
Et, courbé sous le poids de ta divine chaîne,
Seigneur, je te bénis et j'adore ton nom !

Si tu veux que plongée en des doutes funèbres
Mon âme erre sans guide au milieu des ténèbres,
Que ton nom soit loué! je te bénis, mon Dieu!
Veux-tu sur mon esprit lié par la matière
Epancher les rayons de ta sainte lumière?
Je loue encor ton nom ; je te bénis, mon Dieu!

Si, lorsque le chagrin ronge mon existence,
Tu daignes m'envoyer la céleste espérance,
Mon âme te bénit, ô Dieu consolateur!
Et si, dans ses desseins, ta haute providence,
Sans l'adoucir, m'envoie une douleur immense,
J'adore humilié, mon Dieu, ton bras vengeur!

Car, Seigneur, tu l'as dit, — Soumis à ta sagesse,
Devant toi l'homme doit abaisser sa faiblesse,
Etre prêt à la joie ainsi qu'à la douleur.
— Epuise donc sur moi les traits de ta justice....
Frappe! je te crierai du fond du précipice :
Je t'adore, mon Dieu! je te bénis, Seigneur!

Science, amis, épouse, enfants, tout ce que j'aime,
O mon Dieu, je le dois à ta bonté suprême ;
C'est par toi que je pense et par toi que je vis;
Dispose de tes dons, et, quand viendra cette heure,
Je porterai mon cœur dans ta sainte demeure,
Et ma voix redira : mon Dieu, je te bénis!

Louis AYMA (Préludes.)

A MA MÈRE.

Jette les yeux en haut : il est un Dieu, ma mère !...
Un Dieu compatissant, qui connaît tes malheurs.
De ton âme brisée il entend la prière,
    Il recueille les pleurs.

Au ciel déjà sa main te tresse une couronne ;
Les fleurons en sont d'or, de jaspe, de saphir :
Pourras-tu les compter ?... Sa bonté nous en donne
    Mille pour un soupir !

La route que tu suis, de sang est encor teinte :
Va, ma mère !... elle mène à l'éternel bonheur.
Tu ne peux t'égarer : n'y vois-tu pas l'empreinte
    Des pas de ton Sauveur ?

La croix est le degré de la terre à la gloire :
C'est elle qui des Saints épure la vertu ;
Comme eux, tu ne saurais remporter la victoire,
    Sans avoir combattu.

Quel bonheur de marcher, en la sainte milice,
A côté des soldats fidèles au grand roi !
Avance ! ne crains pas : pour t'aider dans la lice,
    Il se tient près de toi.

Si parfois plus sensible aux douleurs de l'épine,
Dont la pointe toujours pénètre dans ton sein,
Tu tombes,.... le Sauveur avec bonté s'incline,
    Pour te prendre la main.

Si ton âme languit dans sa pénible course,
Et veut d'un air plus frais savourer la douceur,
A l'ombre de ton Dieu, viens auprès de la source
    Qui jaillit de son cœur.

O mère ! ne crois pas insensible à tes peines,
Le fils qui t'a redit les conseils de la foi :
Tes malheurs sont pour lui d'irrésistibles chaînes,
    Qui l'entraînent vers toi.

Mais si le ciel un jour doit être son partage,
Près de sa mère il veut contempler le Seigneur.
La vie est d'un moment : encore un pas ! courage !
    Nous touchons au bonheur.

                       J.-B. BERGER *(inédit)*.

LA FILLE DE JEPHTÉ.

Voilà ce qu'ont chanté les filles d'Israel,
Et leurs pleurs ont coulé sur l'herbe du Carmel :

— Jephté de Galaad a ravagé trois villes ;
Abel ! la flamme a lui sur tes vignes fertiles !

Aroër sous la cendre éteignit ses chansons !
Et Mennith s'est assise en pleurant ses moissons !

Tous les guerriers d'Ammon sont détruits, et leur terre
Du Seigneur notre Dieu reste la tributaire.
Israël est vainqueur, et par ses cris perçants
Reconnaît du Très-Haut les secours tout-puissants.

A l'hymne universel que le désert répète
Se mêle en longs éclats le son de la trompette,
Et l'armée, en marchant vers les tours de Maspha,
Leur raconte de loin que Jephté triompha ;

Le peuple tout entier tressaille de la fête.
Mais le sombre vainqueur marche en baissant la tête ;
Sourd à ce bruit de gloire, et seul, silencieux,
Tout-à-coup il s'arrête, il a fermé les yeux.

Il a fermé ses yeux, car au loin, de la ville,
Les vierges, en chantant, d'un pas lent et tranquille
Venaient ; il entrevoit le chœur religieux,
C'est pourquoi, plein de crainte, il a fermé ses yeux.

Il entend le concert qui s'approche, et l'honore ;
La harpe harmonieuse et le tambour sonore,
Et la lyre aux dix voix, et le kinnor léger,
Et les sons argentins du nébel étranger.

Puis, de plus près, les chants, leurs paroles pieuses,
Et les pas mesurés en des danses joyeuses,

Et, par des bruits flatteurs, les mains frappant les mains,
Et de rameaux fleuris parfumant les chemins.

Ses genoux ont tremblé sous le poids de ses armes ;
Sa paupière s'entr'ouvre à ses premières larmes ;
C'est que, parmi les voix, le père a reconnu
La voix la plus aimée à ce chant ingénu :

« O vierges d'Israël, ma couronne s'apprête
» La première à parer les cheveux de sa tête ;
» C'est mon père, et jamais un autre enfant que moi
» N'augmenta la famille heureuse sous sa loi. »

Et ses bras à Jepthé donnés avec tendresse,
Suspendant à son cou leur pieuse caresse :
« Mon père, embrassez-moi ! D'où naissent vos retards ?
» Je ne vois que vos pleurs et non pas vos regards.

» Je n'ai point oublié l'encens du sacrifice :
» J'offrais pour vous hier la naissante génisse ;
» Qui peut vous affliger ? le Seigneur n'a-t-il pas
» Renversé les cités au seul bruit de vos pas ?

» — C'est vous, hélas ! c'est vous, ma fille bien-aimée ?
» Dit le père en rouvrant sa paupière enflammée ;
» Faut-il que ce soit vous ? ô douleur des douleurs !
» Que vos embrassements feront couler de pleurs !

» Seigneur, vous êtes bien le Dieu de la vengeance,
» En échange du crime il vous faut l'innocence.
» C'est la vapeur du sang qui plaît au Dieu jaloux !
» Je lui dois une hostie, ô ma fille ! et c'est vous !

» — Moi ? » dit-elle; et ses yeux se remplirent de larmes.
Elle était jeune et belle, et la vie a des charmes,
Puis elle répondit : « Oh ! si votre serment
» Dispose de mes jours, permettez seulement

» Qu'emmenant avec moi les vierges mes compagnes,
» J'aille, deux mois entiers, sur le haut des montagnes,
» Pour la dernière fois, errante en liberté,
» Pleurer sur ma jeunesse et ma virginité !

» Car je n'aurai jamais, de mes mains orgueilleuses,
» Purifié mon fils sous les eaux merveilleuses ;
» Vous n'aurez pas béni sa venue, et mes pleurs
» Et mes chants n'auront pas endormi ses douleurs ;

» Et le jour de ma mort, nulle vierge jalouse
» Ne viendra demander de qui je fus l'épouse,
» Quel guerrier prend pour moi le cilice et le deuil :
» Et vous seul pleurerez autour de mon cercueil. »

Après ces mots, l'armée assise tout entière
Pleurait, et sur son front répandait la poussière,
Jephté sous un manteau tenait ses pleurs voilés ;
Mais, parmi les sanglots, on entendit : « Allez. »

Elle inclina la tête et partit. Ses compagnes,
Comme nous la pleurons, pleuraient sur les montagnes.
Puis elle vint s'offrir au couteau paternel. —
Voilà ce qu'ont chanté les filles d'Israël.

Alfred DEVIGNY (Poèmes).

LE JUIF ET L'HOSTIE.

Le Dimanche de Pâque était proche. La veille,
Chez Samuel Musson, vint une pauvre vieille,
Afin d'en emprunter trente sous Parisis,
Sur le nantissement de trois méchants habits ;
Je t'en donnerai cent et je te tiendrai quitte,
Lui dit en souriant, le fourbe Israélite,
Si tu consens, demain, à cette heure, en ce lieu,
Vieille Nazaréenne, à m'apporter ton Dieu.
La vieille à son logis retrouva la misère
Et la faim, cette pâle et vile conseillère,
Et revint apporter, dans un blanc parchemin,
Ce que le Juif voulait, le lendemain matin.
Lorsque le réprouvé fut seul avec sa proie,
Son œil oriental étincela de joie.
Dieu des Nazaréens, je te tiens donc enfin,
Dit-il, il le froissa de fureur dans sa main,
Et prenant un marteau, dans son ivresse impie,
D'un clou sur la muraille il traversa l'Hostie.

6

Le sang à gros bouillons en jaillit à l'instant,
Et la chambre s'emplit et regorgea de sang ;
Et les enfants, voyant le sang couler à terre,
Se mirent à genoux et crièrent : Père,
Oh ! ne le tuez pas une seconde fois.
Et le bourreau fut sourd à leur touchante voix.
Il la plongea de rage au fond de sa chaudière ;
Mais l'Hostie en sortit rayonnant de lumière.
Et l'élévation vint à sonner. Alors,
La femme et les enfants s'en allèrent dehors,
Et s'adressant à ceux qui passaient dans la rue :
— Votre Christ est chez nous, et mon père le tue,
Dit le petit Jacob. Une sourde rumeur
Circula sur le Juif meurtrier du Seigneur ;
Le prévôt des marchands, et l'Évêque à leur tête,
Vinrent en grand cortége et firent une enquête ;
Le Dieu fut emporté par le Prélat tremblant,
Et dans le tabernacle enfermé tout sanglant.
Le Juif fut brûlé vif, son nom fut anathême,
Et sa femme et son fils reçurent le baptême.
La maison fut rasée ; on faisait chaque fois,
En passant sur la place, un grand signe de croix.

. . . .
. . . .

Ainsi, faibles mortels, infortunés pécheurs,
Nous rouvrons, chaque jour, la plaie et les douleurs
De celui qui mourut pour le salut des hommes.
Quand nous faisons le mal, insensés que nous sommes,

Ne semble-t-il pas dire, avec sa douce voix :
Vous me crucifiez une seconde fois ?
Car toujours, ô chrétiens, cette grande victime
Souffre et nous tend les bras sur son arbre sublime.
Et toujours nos péchés pénètrent dans le cœur,
Et font encor saigner le flanc du Rédempteur.

A. DESCHAMPS (Poésies).

UN DIMANCHE SOIR A L'ILE S. LOUIS.

Dans l'île Saint-Louis, le long d'un quai désert,
L'autre soir je passais; le ciel était couvert,
Et l'horizon brumeux eût paru noir d'orages,
Sans la fraîcheur du vent qui chassait les nuages ;
Le soleil se couchait sous de sombres rideaux ;
La rivière coulait verte entre les radeaux ;
Aux balcons çà et là quelque figure blanche
Respirait l'air du soir ; — et c'était un Dimanche.
Le Dimanche est pour nous le jour du souvenir ;
Car, dans la tendre enfance, on aime à voir venir,
Après les soins comptés de l'exacte semaine
Et les devoirs remplis, le soleil qui ramène
Le loisir et la fête, et les habits parés,
Et l'Eglise aux doux chants, et les jeux dans les prés ;
Et plus tard, quand la vie, en proie à la tempête,
Ou stagnante d'ennui, n'a plus loisir ni fête,

Si pourtant nous sentons, aux choses d'alentour,
A la gaîté d'autrui, qu'est revenu ce jour,
Par degrés attendris jusqu'au fond de notre âme,
De nos beaux ans brisés nous renouons la trame,
Et nous nous rappelons nos Dimanches d'alors,
Et notre blonde enfance, et ses riants trésors.
Je rêvais donc ainsi, sur ce quai solitaire,
A mon jeune matin si voilé de mystère,
A tant de pleurs obscurs en secret dévorés,
A tant de biens trompeurs ardemment espérés,
Qui ne viendront jamais,... qui sont venus peut-être!
En suis-je plus heureux qu'avant de les connaître?
Et, tout rêvant ainsi, pauvre rêveur, voilà
Que soudain, loin, bien loin, mon âme s'envola,
Et d'objets en objets, dans sa course inconstante,
Se prit aux longs discours que feu ma bonne tante
Me tenait, tout enfant, durant nos soirs d'hiver,
Dans ma ville natale, à Boulogne-sur-Mer.
Elle m'y racontait souvent, pour me distraire,
Son enfance, et les jeux de mon père, son frère,
Que je n'ai pas connu; car je naquis en deuil,
Et mon berceau d'abord posa sur un cercueil.
Elle me parlait donc, et de mon père, et d'elle;
Et ce qu'aimait surtout sa mémoire fidèle,
C'était de me conter leurs destins entraînés
Loin du bourg paternel où tous deux étaient nés.
De mon antique aïeul je savais le ménage,
Le manoir, son aspect et tout le voisinage;
La rivière coulait à cent pas près du seuil;
Douze enfants (tous sont morts!) entouraient le fauteuil;

Et je disais les noms de chaque jeune fille,
Du Curé, du Notaire, amis de la famille,
Pieux hommes de bien, dont j'ai rêvé les traits,
Morts pourtant sans savoir que jamais je naîtrais.

Et tout cela revint en mon âme mobile,
Ce jour que je passais le long du quai, dans l'île.

Et bientôt, au sortir de ces songes flottants,
Je me sentis pleurer, et j'admirai longtemps
Que de ces hommes morts, de ces choses vieillies,
De ces traditions par hasard recueillies,
Moi, si jeune et d'hier, inconnu des aïeux,
Qui n'ai vu qu'en récits les images des lieux,
Je susse ces détails, seul peut-être sur terre,
Que j'en gardasse un culte en mon cœur solitaire,
Et qu'à propos de rien, un jour d'été, si loin
Des lieux et des objets, ainsi j'en prisse soin.
Hélas ! pensai-je alors, la tristesse dans l'âme,
Humbles hommes, l'oubli sans pitié nous réclame,
Et, sitôt que la mort nous a remis à Dieu,
Le souvenir de nous ici nous survit peu ;
Notre trace est légère et bien vite effacée ;
Et moi, qui de ces morts garde encor la pensée,
Quand je m'endormirai comme eux, du temps vaincu
Sais-je, hélas ! si quelqu'un saura que j'ai vécu ?
Et poursuivant toujours, je disais qu'en la gloire,
En la mémoire humaine, il est peu sûr de croire,

Que les cœurs sont ingrats, et que bien mieux il vaut
De bonne heure aspirer et se fonder plus haut,
Et croire en celui seul qui, dès qu'on le supplie,
Ne nous fait jamais faute, et qui jamais n'oublie.

SAINTE-BEUVE *(Consolations).*

RETOUR A DIEU.

A MON AMI, M. ALFRED DE MUSSET.

Un jour! il t'en souvient, Alfred, au bord des mers,
Nous avions bien longtemps erré! leur bruit immense,
Par moments à nos voix imposant le silence,
Nous laissait tout entiers à nos rêves amers.

Toi jeune, plein de sève et commençant la vie ;
Moi sur mon front battu sentant tomber le soir ;
Mais tous deux pèlerins à l'âme poursuivie
Par le doute et le mal, mais tous deux sans espoir !

Tu marchais le front haut, avec indifférence,
Insultant à ton sort ; moi, vaincu par le mien,
Portant sur la nature un œil plein de souffrance,
N'ayant terre ni ciel, asile ni soutien.

Et tous les deux passant sous les falaises vertes,
Qu'un Calvaire de bois signale aux matelots ;

Enfants au rire amer de ces grèves désertes,
Nous lancions tristement le galet dans les flots.

Rien ne touchait nos cœurs ; ni les blanches volées
Des oiseaux de la mer sur les bancs arrêtés ;
Ni les sources d'eau vive accourant des vallées,
Pour se perdre à jamais dans les flots irrités.

Cependant, entourés des collines lointaines,
Dont les vagues contours enfermaient l'horizon,
Nous nous étions couchés sur l'herbe des fontaines,
A l'ombre des grands bois qui couvrent le valon.
« Assez, disais-je, assez ! la chaleur me dévore,
» Le dégoût, la fatigue ! » et je fermais les yeux.
Mais toi : «Debout! marchons! plus haut nous verrons mieux.
» — Non ! quand tu seras là, quelque autre obstacle encore
» Te cachera le ciel, les flots, l'immensité ;
» Tu vas recommencer une inutile peine,
» Crois-moi, de nos désirs la course est toujours vaine,
» Ici-bas, l'œil de l'homme est toujours arrêté. »

Je restai, tu partis ! l'inquiète jeunesse,
De nos efforts perdus n'a jamais pris leçon.
Lorsque je te revis, ta main avec tristesse
Pressa la mienne, et dit que j'avais bien raison ! —
Oh ! oui ! j'avais raison ! car la paix, le silence,
Et ce dégoût lui-même où mourait tout espoir,
Firent que j'entendis enfin ma conscience,
Et qu'un Ange du ciel près de moi put s'asseoir.

Sur trois lettres de feu qui fendirent la nue,
Il arrêta mes yeux qui toujours lisaient : *Foi!*
Quand j'allais, quand j'allais, tout fuyait à ma vue,
Quand je ne marchai plus, tout s'avança vers moi.

Ulric Guttinguer (*Fables et Méditations*).

PSAUME.

O vous qui dans nos Basiliques
Priez et pleurez tour à tour,
O jeunes femmes catholiques,
Vous dont les cœurs évangéliques
Laissent tomber un flot d'amour.

Priez, pleurez, Jésus vous appelle et se penche
Du haut des cieux profonds :
Il aime les soupirs d'une âme qui s'épanche,
Il aime à respirer cette couronne blanche
Qui pare encor vos fronts.

Il vous aime, ô sœurs de ses Anges,
Car vos triomphes sont bien beaux ;
Car vous avez rompu les langes
Dont un siècle pétri de fanges
Entoura vos frêles berceaux.

Il vous aime, il vous aime, ô lis de ses vallées,

Gardiennes de sa loi,
Vierges au cœur si pur, femmes immaculées,
Fleurs qui n'avez suivi que les rives voilées
    Où serpente la Foi.

Il vous aime, ô colombes douces,
Vous qui dormez votre sommeil
Loin du monde et de ses secousses,
Vous qui chantez parmi les mousses
Aux lueurs du divin soleil.

Bénissez votre Dieu, quel que soit votre rêve
    Du jour ou de la nuit ;
Bénissez-le ce Dieu dont le bras vous relève ;
Aimez, aimez Jésus : vous toutes, filles d'Ève,
    Que seriez-vous sans lui?

Allez donc dans nos Basiliques,
Prier et pleurer tour à tour :
O jeunes femmes catholiques,
O jeunes cœurs évangéliques,
Semez la foi, semez l'amour.

              TURQUÉTY *(Poésie Catholique).*

LE PAYS.

Oh ! ne quittez jamais, c'est moi qui vous le dis,
Le devant de la porte où l'on jouait jadis,

L'église où, tout enfant d'une voix douce et claire,
Vous chantiez à la Messe auprès de votre mère,
Et la petite école où, traînant chaque pas,
Vous alliez le matin, oh ! ne la quittez pas,
Car une fois perdu parmi ces Capitales,
Cet immense Paris, aux tourmentes fatales,
Repos, douce gaîté, tout s'y vient engloutir,
Et vous le maudissez sans pouvoir en sortir.
Croyez qu'il sera doux de voir un jour, peut-être,
Vos fils étudier sous votre bon vieux maître,
Dans l'église avec vous chanter au même banc,
Et jouer à la porte où l'on jouait enfant.

A. BRIZEUX (*Marie*).

LE JOUR DES MORTS A PARIS.

—2 NOVEMBRE. —

Voici le Jour des Morts, l'âme croit les entendre ;
Mais au lieu d'un jour sombre et d'un ciel attristé,
Une heure de printemps se lève sur leur cendre,
Comme un signe de paix et d'immortalité.

Vers les champs du repos, autour de la cité,
La foule des vivants commence à se répandre,
Et plus d'un a choisi le sentier écarté,
Que peut-être demain il lui faudra reprendre.

Oh ! vous n'êtes pas là, vous que j'ai tant pleurés,
Le hasard fit, hélas ! à vos mânes sacrés,
Pour la nuit de la tombe un chevet solitaire.

Mais la loi du temps cesse où la vie a cessé,
Et les larmes du cœur vont partout sous la terre
Consoler, dans la mort, le pauvre trépassé.

A. DE LATOUR *(Loin du Foyer)*.

LE RETOUR A LA CHAPELLE.

Je te salue, ô Vierge tutélaire ;
Ton humble autel reconnaît-il ma voix ?
Est-ce bien là ce degré solitaire
Où, jeune encor, j'ai prié tant de fois ?

Oui, la voilà, cette image gothique
Qui souriait, son enfant dans les bras ;
Voici la nef, et le pavé rustique
Qui résonnait au seul bruit de mes pas.

Non, ce n'est point un de ces vains mensonges,
Dont si souvent fut bercé mon sommeil ;
Je vois ces lieux qu'appelaient tous mes songes,
Ces lieux témoins de mon premier réveil.

Ici, mon œil sur le fleuve des âges
Poursuit en vain quelques flots écoulés,
Ou redemande à de nouveaux ombrages
Quelques rameaux par le temps dépouillés.

Je reconnais l'airain mélancolique
Qui m'éveillait de son glas matinal,
Ou proclamait la prière angélique,
De mon repos fidèle et doux signal.

Qu'ils étaient purs les vœux que mon enfance
Offrait alors à la Reine des cieux !
Qu'ils étaient beaux les jours que l'espérance
Laissait briller à mes regards joyeux !

Comme un essaim dont les rapides ailes,
D'un bruit confus troublent longtemps les airs,
Elles ont fui ces heures infidèles,
Et m'ont ravi mes trésors les plus chers.

Combien de fois sur un autre rivage
D'un long soupir j'appelai ce séjour !
Des bords lointains, vers ce riant village,
Combien de fois j'ai rêvé mon retour !

Hélas ! j'ai cru, dans ma vaine allégresse,
En revoyant ces abris protecteurs,
Y retrouver les biens de ma jeunesse,
La paix, la joie et les nobles erreurs.

Songes trompeurs, illusions menteuses,
Dont le réveil est douloureux et prompt,
L'âge a détruit vos images flatteuses,
Comme il pâlit les roses de mon front !

Partout l'oubli, le deuil, le froid silence,
Tous mes amis dispersés ou perdus,
Et par le temps, le trépas et l'absence,
Tous mes liens dénoués ou rompus !

Coteaux fleuris, bosquets, vallon fertile,
Sentier connu, de feuillage ombragé,
Bois que j'aimais, fleuve pur et tranquille,
Pour moi du moins vous n'avez point changé !

Vous, murs sacrés, des jours de mon jeune âge
Vous éveillez un plus doux souvenir !
Comme autrefois, antique et sainte image,
Tu peux encor m'entendre et me bénir !

Le sort jaloux, Vierge mystérieuse,
N'a pu m'ôter ma constance et ma foi,
Et ma prière, humble et silencieuse,
D'un vol pieux s'élève encor vers toi !

Mme TASTU (Poésies).

LE MENDIANT ET L'OISEAU.

— Où vas-tu donc, petit oiseau,
Ainsi volant à tire-d'aile?
Viens me chanter ta ritournelle :
L'air est si pur, le ciel si beau !

— Je vais chercher la nourriture
Que Dieu me garde quelque part ;
Mais toi, hâte tes pas, vieillard,
La nuit ramène la froidure.

— J'erre, seul, depuis ce matin,
Et nul n'entend ma voix qui pleure ;
Tes chants pourraient me faire, une heure,
Oublier mon triste destin.

— Mais dans cette saison cruelle,
L'oiseau fait taire tous ses chants ;
Vois, la neige couvre les champs,
Comment chanter ma ritournelle ?

— Oiseau, tu vis en paix du moins ;
La nuit, tu trouves un asile,
Et, le jour, la graine facile
Qui doit suffire à tes besoins.

Moi, je frappe de gîte en gîte,
Implorant et criant, hélas !
Et, le soir, quand je suis bien las,
Je n'ai pas un toit qui m'abrite.

— Du pauvre Dieu seul est l'appui,
C'est lui qui soutient ma faiblesse ;
Jamais sa bonté ne délaisse
Quiconque espère et croit en lui.

— Quand le printemps nous rend ses charmes,
Oiseau, tu vis libre et joyeux ;
Mais pour moi, pauvre, faible et vieux,
Au monde il n'est plus que des larmes.

— Dieu ne laisse pas avoir faim
Une humble et faible créature,
Il me garde un grain pour pâture,
A toi, vieillard, un peu de pain.

— Oiseau, ce grain, Dieu te le donne,
Et des refus, tu n'en crains pas ;
Trop heureux qui peut ici-bas,
Ne rien demander à personne !

— Ce grain, je le cherche, vieillard ;
Comme toi je mendie et j'erre ;
Sans peine on n'a rien sur la terre,
Et je ne dois rien au hasard.

—Miné par la faim et par l'âge,
Succombant à mon triste sort,
Un soir, on me trouvera mort
A quelques cents pas du village.

—Je puis mourir loin de mon nid,
Faut-il que je m'en épouvante ?
Pauvre vieillard, espère et chante :
Dieu seul est grand ; qu'il soit béni !

L'Abbé DEVOILLE (Voix de la Solitude).

L'HEURE DE PAIX.

Voici que l'horizon perd ses teintes vermeilles ;
L'air frais est imprégné des parfums de la nuit,
Le rossignol prélude, et l'essaim des abeilles,
    Vers la ruche, en bourdonnant, fuit.

Il se fait tard, enfants ; à vos jeux faites trève,
Les petits des oiseaux se taisent endormis ;
Voici l'heure de paix, où je chante, où je rêve,
    Où mon cœur s'ouvre à mes amis.

Bon soir ; allez offrir vos vœux et vos prières
Au Dieu qui vous nourrit du pain quotidien ;

Implorez-le pour nous, pour vos sœurs et vos frères ;
    Soyez-bénis, et dormez bien.

Le Sauveur que Marie enveloppait de langes,
Et qu'elle a tant de fois bercé sur ses genoux,
Auprès de votre lit vous enverra ses Anges :
    Dormez, ils veilleront sur vous.

Ils dorment : tout se tait, ma journée est finie ;
Plus de soins, de leçons, plus de nombreux travaux.
Je puis donc un instant, seule avec mon génie,
    Savourer loisir et repos.

Que le silence est doux à l'oreille lassée !
Qu'il est bon de rêver, seule et loin de tout bruit,
Laissons se dilater ma poitrine oppressée :
    Rien ne me contraint, il est nuit.

Il n'est plus de devoirs dont le soin me réclame
Il est nuit, et je peux librement respirer ;
Et si la voix de Dieu vient ébranler mon âme,
    Rien ne l'empêche de vibrer.

Car sitôt que ma tâche est remplie en ce monde,
C'est vers Dieu que mon cœur dirige son élan,
Ainsi que le ruisseau, dont rien n'arrête l'onde,
    Va se perdre dans l'Océan.

7

C'est dans les bras de Dieu que mon âme captive
Aime à se reposer après le poids du jour ;
C'est dans son sein fécond que ma pensée active
    Puise le courage et l'amour.

Dans le calme des nuits on sent mieux la présence,
Chaque astre scintillant jette un rayon d'espoir ;
Et l'hymne de prière et de reconnaissance
    Monte avec les parfums du soir.

Mᵐᵉ GUINARD (Auguste et Noémi).

DORS, SARA.

Dors, Sara, dors, petite,
Ferme les yeux bien vite,
    Il fait noir :

Pages et damoiselles,
Tout dort dans les tourelles
    Du manoir.

Entends la cloche sainte ;
Déjà le beffroi teinte
    Onze fois ;

Tout dort, la nuit est close,
Allons, enfant, repose
    A ma voix.

Seule, quand tout sommeille,
En silence je veille
    Prés de toi ;

Tout bas fais ta prière,
Dis : Seigneur, à ma mère
    Gardez-moi.

Dors : sous ton rideau rose,
Un bel Ange se pose
    Chaque nuit,

Son aile blanche effleure
L'enfant qui dort ; s'il pleure,
    L'Ange fuit.

C'est sa main qui te berce,
Et c'est lui qui te verse
    Doucement

Les sourires, les roses ;
Qui t'apprend mille choses
    En dormant.

Et, quand, à ta fenêtre,
Le jour vient de paraître
    Radieux,

Le bel Ange te couvre
De son aile, et puis ouvre
    Tes beaux yeux.

Sous ton rideau de soie
S'endormira ta joie;
    Mais demain,

Plus riante et plus douce,
Tu courras sur la mousse
    Du chemin.

Dors, Sara! que t'importe
Ce que la vie apporte
    De douleur;

L'espoir est pour l'enfance
Qui n'a pas souvenance
    Du malheur.

Dans son berceau mobile,
L'enfant qui dort tranquille,
    Grandira,

Trop tôt, par la souffrance,
Le sommeil de l'enfance
    S'en ira.

Mme DE LA BESGE (L'Angelus).

LES DEUX FRÈRES.

LUIGI.

. . . .
. . . .

Reste ! ton ciel natal, Paolo, le voici !
Ce toit, c'est ton berceau ; ce vieux foyer noirci,
Où nos tremblantes mains se réchauffaient ensemble,
Nous réunit enfants, vieillards, qu'il nous rassemble,
Nos deux chiffres, c'est là que tu les a laissés ;
Comme d'anciens amis se tenant embrassés,
Ils sont unis encor ; pourrions-nous ne plus l'être ?
Reste ! eh ! par où nous fuir ? dans cet enclos champêtre
Tu ne peux faire un pas, regarder, respirer,
Sans qu'un parfum connu qui revient t'enivrer,
L'allée où, chancelant, tu courais sur ma trace,
Le fleuve où de la mort tu m'as sauvé, la place
Où plus âgé que toi, je vengeai ton affront,
La croix qui si souvent vit incliner ton front,
L'eau qui fuit, l'air qui passe ou le vent qui soupire,
Emprunte en s'animant, une voix pour te dire :
« Reste ! aime encor ton frère aux lieux où tu l'aimais ;
» Es-tu sûr, si tu pars, de le revoir jamais, »

PAOLO.

Et toi, si tu me suis dans la ville éternelle,
Pourras-tu l'admirer sans oublier pour elle

De ton pays natal le soleil éclipsé,
Sans rajeunir de joie en rêvant au passé?
Il a brillé pour toi, son ciel, où ta prière
Ne montait qu'à travers l'azur et la lumière ;
Son palais triomphal a tressailli sous toi ;
Ses débris t'ont parlé ; du cirque, ou pour ta foi
De ses héros chrétiens mourut la sainte armée,
Tu sentis palpiter la poussière animée.
Quand Rome en deuil suivit son Sauveur au tombeau,
Tu pleurais... mais quel jour! qu'il fut grand! qu'il fut beau!
Qu'il t'enivra, ce jour où des voiles funèbres
Rome, en ressuscitant, déchira les ténèbres!
Tous les chants, tous les bruits à la fois renaissants,
Ces cortéges sacrés, ces nuages d'encens,
Ces palmes qui du Christ couronnaient la victoire,
Un homme, un Prêtre, un Dieu, qui planait dans sa gloire
Entre Rome et les cieux, et des cieux entr'ouverts,
Répandait les pardons sur Rome et l'univers ;
Quel spectacle!... O Luigi, les transports qu'il inspire
N'ont-ils pas à leur tour une voix pour te dire :
» Viens! le grand jour approche; ah! viens; venez tous deux,
» Pleins de la même foi, brûlés des mêmes feux
» Qu'il versait par torrents dans votre âme embrasée
» De ses divins pardons recueillir la rosée! »

LUIGI.

Paolo!...

PAOLO.

Tu reviendras! et quand nous sentirons
La grâce à flots sacrés s'épancher sur nos fronts,

Puissent nos cœurs noyés dans cette joie intime,
Dans ce bonheur de croire où la raison s'abîme,
Mourir, et, confondus, voler d'un même essor
Au sein de l'Éternel pour s'y confondre encor !

C. DELAVIGNE *(Une famille au temps de Luther, scène XI).*

LE JEUNE DIACRE.

OU LA GRÈCE CHRÉTIENNE.

Entre le mont Évan et le cap de Ténare,
La mer baigne les murs de la triste Coron ;
Coron, nom malheureux , nom moderne et barbare,
Et qui de Colonis détrôna le beau nom.
Les Grecs ont tout perdu : la langue de Platon,
La palme des combats, les arts et leurs merveilles,
Tout, jusqu'aux noms divins qui charmaient nos oreilles.

Ces murs battus des eaux, à demi-renversés
Par le choc des boulets que Venise a lancés,
C'est Coron. Le Croissant en dépeupla l'enceinte ;
Le Turc y règne en paix au milieu des tombeaux.
Voyez-vous ces turbans errer sur les créneaux ?
Du profane étendard qui chassa la Croix Sainte.
Voyez-vous, sur les tours, flotter les crins mouvants ?
Entendez-vous de loin la voix de l'infidèle,

Qui se mêle au bruit sourd de la mer et des vents ?
Il veille, et le mousquet dans ses mains étincelle.
Au bord de l'horizon, le soleil suspendu,
Regarde cette plage, autrefois florissante,

. . . .

Que cet astre à regret s'arrache à ses amours !
Que la brise du soir est douce et parfumée !
Que des feux d'un beau jour la mer brille enflammée !
Mais pour un peuple esclave il n'est plus de beaux jours.

Qu'entends-je ? C'est le bruit de deux rames pareilles,
Ensemble s'élevant, tombant d'un même effort,
Qui de leur chute égale ont frappé mes oreilles.
Assis dans un esquif, l'œil tourné vers le bord,
Un jeune homme, un chrétien, glisse sur l'onde amère.
Il remplit dans le temple un humble ministère ;
Ses soins parent l'autel ; debout sur les degrés,
Il fait fumer l'encens, répond aux mots sacrés,
Et présente le vin durant le Saint Mystère.

Les rames de sa main s'échappent à la fois ;
Un luth qui les remplace a frémi sous ses doigts.
Il chante.... Ainsi chantaient David et les Prophètes ;
Ainsi, troublant le cœur des pâles matelots,
Un cri sinistre et doux retentit sur les flots,
Quand l'alcyon gémit au milieu des tempêtes :

        « Beaux lieux, où je n'ose m'asseoir,
        » Pour vous chanter, dans ma nacelle,

» Au bruit des vagues, chaque soir,
» J'accorde ma lyre fidèle ;
» Et je pleure sur nos revers,
» Comme les Hébreux dans les fers,
» Quand Sion descendit du trône,
» Pleuraient au pied des saules verts,
» Près des fleuves de Babylone.
» Mais dans les fers, Seigneur, ils pouvaient t'adorer;
» Du tombeau de leur père ils parlaient sans alarmes ;
» Souffrant ensemble, ensemble ils pouvaient espérer,
» Il leur était permis de confondre leurs larmes...
» Et je m'exile pour pleurer !

» Le ministre de ta colère
» Prive la veuve et l'orphelin
» Du dernier vêtement de lin
» Qui sert de voile à leur misère.
» De leurs mains il reprend encor,
» Comme un vol fait à son trésor,
» Un épi glané dans nos plaines ;
» Et nous ne buvons qu'à prix d'or
» L'eau qui coule de nos fontaines.
» De l'or ! ils l'ont ravi sur nos autels en deuil ;
» Ils ont brisé des morts la pierre sépulcrale,
» Et de la jeune épouse écartant le linceuil,
» Arraché de son doigt la bague nuptiale
» Qu'elle emporta dans le cercueil.

» L'oiseau des champs trouve un asile
» Dans le nid qui fut son berceau,

» Le chevreuil sous un arbrisseau,

» Dans un buisson le lièvre agile ;

» Effrayé par un léger bruit,

» Le ver qui serpente et s'enfuit

» Sous l'herbe ou la feuille qui tombe,

» Échappe au pied qui le poursuit....

» Notre asile, à nous, c'est la tombe !

» Heureux qui meurt chrétien! Grand Dieu! leur cruauté

» Veut convertir les cœurs par le glaive et les flammes,

» Dans le temple où tes saints prêchaient la vérité,

» Où de leur bouche d'or descendaient dans nos âmes

» L'espérance et la charité.

» Sur ce rivage, où des idoles

» S'éleva l'autel réprouvé,

» Ton culte pur s'est élevé

» Des semences de leurs paroles.

» Mais cet arbre, enfant des déserts,

» Qui doit ombrager l'univers,

» Fleurit pour nous sur des ruines,

» Ne produit que des fruits amers,

» Et meurt tranché dans ses racines.

» O Dieu ! la Grèce, libre en ses jours glorieux,

» N'adorait pas encor la parole éternelle ;

» Chrétienne, elle est aux fers, elle invoque les cieux.

» Dieu vivant, seul vrai Dieu, feras-tu moins pour elle

» Que Jupiter et ses faux dieux ?.... »

Il chantait, il pleurait, quand d'une tour voisine
Un Musulman se lève, il court, il est armé.

Le turban du soldat sur son mousquet s'incline,
L'étincelle jaillit, le salpêtre a fumé,
L'air siffle, un cri s'entend.... l'hymne pieux expire.
Ce cri, qui l'a poussé? vient-il de ton esquif?
Est-ce toi qui gémis, Lévite? est-ce ta lyre
Qui roule de tes mains avec ce bruit plaintif?
Mais de la nuit déjà tombait le voile sombre ;
La barque, se perdant, sous un épais brouillard,
Et sans rame et sans guide errait comme au hasard,
Elle resta muette et disparut dans l'ombre.

La nuit fut orageuse. Aux premiers feux du jour,
Du golfe avec terreur mesurant l'étendue,
Un vieillard attendait, seul, au pied de la tour.
Sous des flocons d'écume un luth frappe sa vue,
Un luth qu'un plomb mortel semble avoir traversé,
Qui n'a plus qu'une corde à demi-détendue,
Humide et rouge encor d'un sang presque effacé.
Il court vers ce débris, il se baisse, il le touche.....
D'un frisson douloureux soudain son corps frémit ;
Sur les tours de Coron il jette un œil farouche,
Veut crier ; la menace expire dans sa bouche ;
Il tremble à leur aspect, se détourne et gémit.

Mais du poids qui l'oppresse enfin son cœur se lasse;
Il fuit les yeux cruels qui gênent ses douleurs ;
Et, regardant les cieux, seuls témoins de ses pleurs,
Le long des flots bruyants il murmure à voix basse :
« Je t'attendais hier, je t'attendis longtemps ;
» Tu ne reviendras plus, et c'est toi qui m'attends!.... »

LE MÊME (Messénienne, VI).

L'HYMNE DE MORT DU BARDE CHRÉTIEN.

Seigneur, de mon pénible exil
J'ai fait la dernière journée ;
Sur mon sein la mort inclinée
Va de mes ans trancher le fil.
Encore, avant que les ténèbres
Vomissent leurs spectres funèbres,
Brillants d'une affreuse lueur ;
Encore, avant que ma paupière
En toi se ferme à la lumière,
Reçois cet hymne de mon cœur.

Encor, Seigneur, que ton souffle m'inspire ;
Donne encor pour ta gloire un accent à ma lyre.
Ah ! que mon dernier chant soit mon plus beau soupir,
Tel que le chant du cygne au moment de mourir !
Ma vie a passé comme l'ombre,
Comme l'éclair de la nuit sombre :
Comme la fleur de Jéricho,
Qui n'a souri qu'une heure à la nature ;
Comme un lys rayonnant de sa frêle parure
Dans le brûlant vallon des tentes de Jéthro,
Jeune arbrisseau, j'ai perdu ma verdure :
Ma voix s'éteint comme ce vain murmure
Qui fait gémir le faible écho ;
Comme un bruit que l'humide plage
Jette mourant sur le rivage ;

Comme les cris de l'alcyon,
Perdus au milieu de l'orage
Quand le courroux de l'Aquilon
A l'Océan souffle sa rage.

Pour toi seul, ô mon Dieu, les ans sont éternels. .
Dans le séjour du temps tout s'enfuit, tout succombe :
Naître, passer, périr, voilà tous les mortels.
Un seul pas du berceau nous conduit à la tombe.
    Hélas ! au seuil de mon matin,
    J'ai dit : Vers, vous êtes mes frères.
Je n'ai de mon soleil connu que le déclin ;
L'avenir n'est peuplé que de belles chimères !
Mon œil n'apercevait que des sentiers riants ;
Je comptais..... et bientôt rejeté des vivants,
    Rebut affreux à la nature,
Je demande au tombeau son lit de pourriture.

    Prends, ô ma lyre, un ton de deuil.
    Déjà la mort, horrible victimaire,
A jeté sur ma couche un cyprès funéraire.
    Prends, ô ma lyre, un ton de deuil.
Il est mort ! Dis ce mot d'un accent mortuaire ;
Pleure mon corps glacé dans son triste suaire.
Il est mort ! le marteau frappe sur son cercueil !
Dis, ma lyre, ces mots d'un accent mortuaire.

Tout a fui : mes parents, mes frères, mes amis,
Comme ceux que l'argent nous retenait soumis ;
    L'airain sacré pour moi tremble et résonne,

La vierge du hameau frissonne.....
O mon Dieu, montre-toi lorsque tout m'abandonne !

Mais quoi! me plaindre au moment de mourir !
Je gémirai s'il faut quitter la terre !
Pardon, Seigneur, car je dois te bénir :
Tu mets un terme à ma misère.

Chante, ô mon âme, un hymne de bonheur ;
Chante la fin de tes alarmes ;
Chante-lui tes adieux, à ce vallon de larmes ;
Chante le chant d'amour, chante l'hymne du cœur.

Au-delà du tombeau vois briller l'espérance ;
Vois briller avec assurance
Ces rayons dans l'azur de l'immortalité ;
Contemple, en souriant à ta félicité,
Cette palme qui ceint le front de la souffrance,
Ce rameau de la pénitence
Que dore la pure clarté
Du soleil de l'éternité.
Tu te plaindrais, mon âme, en sortant de tes chaînes !
Libre, tu pourrais en gémir.
Faiblesses, passions et vanités humaines,
Vous m'arracheriez un soupir !
Des chagrins, des remords, quotidienne proie,
Quand s'ouvrent les palais de l'ineffable joie,
Je pourrais regretter ce monde de douleur,
Ses piéges et ses maux, et son air corrupteur !
Non, non, mépris au monde, et mépris à la terre !

Mon cœur est attiré par de plus doux attraits.
Mépris aux vanités qu'une voix mensongère
Promet au voyageur sur la rive étrangère.
Fuyons, fuyons, mon âme, et d'une aile légère
Volons sur les lambris de l'immuable paix,
Volons dans ce repos qu'on ne troubla jamais.

    Ah ! chante l'hymne du bonheur ;
      Chante la fin de tes alarmes ;
Chante-lui tes adieux, à ce vallon de larmes ;
Chante le chant d'amour, chante l'hymne du cœur.

Je chanterai, mon Dieu, tes bienfaits, tes louanges,
Je bénirai ton nom au milieu de tes Anges.
O mon âme, quittons les chaînes de ce corps ;
    Laissons briser l'impure argile :
    Nous monterons d'un vol agile
    Pour prendre part à leurs accords.

    Seigneur, dans mon heure dernière,
    Reçois mon âme en ton sein paternel ;
      Et que l'encens de ma prière
      Aille fumer sur ton autel.
    Reçois ce chant comme l'humble prière
      Que l'orphelin ose t'offrir ;
Comme le cri du pauvre au fond de la chaumière ;
Et celui que la veuve au ciel fait retentir
      Sur le grabat de la misère.

Que l'on sait bien prier lorsque l'on sait gémir !
Tu déchires ton cœur en nous voyant souffrir,
Seigneur ; et ta tendresse étouffe ta colère.
Ah ! donne-moi ce cri qui te sait attendrir,
Ce cri perçant qui va jusqu'à ton sanctuaire ;
　Quand le trépas en glaçant ma paupière,
　　L'aura fermée à la lumière,
　　Accepte mon dernier soupir ;
Et qu'alors de mon cœur l'amour rompant l'artère
　Soit le seul dard qui me fasse mourir.

M.-J. ROULHET (Compositions de Brive).

A UN ÉLÈVE DU SÉMINAIRE DE ***.

Toi que l'on vit éclore au nid de la fauvette,
Et dont le premier vol est le vol de l'aiglon,
Qui t'a donné ton aile, ô mon jeune poète,
　　Dans cet humble vallon ?

Sur tes pas incertains, oh ! quelle voix étrange,
A ta voix inspira ces chants mystérieux ?
L'Ange de l'harmonie est sans doute ton Ange,
　　O Lévite pieux.

C'est un souffle d'en haut qui fait vibrer ton âme,
Tes cantiques sacrés ne sont point aux mortels,

Celui qui te les donne, à jamais les réclame
    Aux pieds des saints autels.

A lui seul les soupirs de ton cœur solitaire.
Tu n'as pour horizon que les murs du saint lieu ;
Mais ta pensée est libre en ta cellule austère,
    Et doit voler à Dieu.

Pauvre oiseau dont le nid sur une algue repose.
Reste sur ton beau lac où se mirent les cieux.
Le monde, c'est la mer : malheur à qui se pose
    Sur ses flots orageux !

Qu'irais-tu faire, hélas ! sur cette vague amère
Où Gilbert engloutit son destin glorieux,
Sans qu'une main amie, à son heure dernière,
    Vint lui fermer les yeux ?

Doux cygne ! en exhalant une plainte plus douce
Que le frémissement de la brise, il s'enfuit ;
Car il n'avait pas même un pauvre nid de mousse
    Pour reposer la nuit.

A la voix de ton Dieu prête toujours l'oreille,
Elle est dans les soupirs du vent, dans les roseaux ;
Dans les notes d'amour du rossignol qui veille,
    Dans la voix des ruisseaux.

Ecoute-la parler sous les arceaux gothiques
Du temple, dans les sons de l'orgue harmonieux,

8

Et dans les chants ravis aux concerts séraphiques
　　Du Barde aimé des cieux.

Si tu vois s'égarer parfois sa blanche voile,
C'est que le vent du ciel pour lui ne souffle pas,
C'est que de l'orient la lumineuse étoile
　　Ne guide plus ses pas.

O jeune homme ! à ton Dieu rends grâce dès l'aurore,
Car le rayon divin s'est levé sur ton cœur,
A sa douce clarté l'aube est plus belle encore,
　　La rose a plus d'odeur.

Le poète qui rêve illumine la terre,
Comme le roi des airs, il regarde les cieux ;
Un nouvel horizon tout brillant de lumière
　　Se dévoile à ses yeux.

Pour moi, voici que l'ombre obscurcit ma pensée,
Le soir, elle s'endort comme l'oiseau des champs ;
Qu'importe si je suis tout doucement bercée
　　Encor par de doux chants.

　　　　　　　Mᵐᵉ DE LA BESGE *(L'Angelus)*.

ISOLE-TOI, MON CŒUR.

Isole-toi, mon cœur ; laisse au siècle sa tâche
　　Et ses illusions ;

Laisse-le tourmenter, sans trêve ni relâche
    De stériles sillons.

Qu'il aille tout le jour, courbé sur la charrue,
    Roidir ses faibles bras,
Pour se dire le soir, quand l'ombre est reparue :
    Ai-je avancé d'un pas ?

Qu'il rouvre après la nuit ses paupières lassées
    Et pleines de sueurs,
Et puis qu'il recommence, avec des mains blessées,
    Son risible labeur.

Moi, je n'userai pas mes genoux sur la pierre
    Pour un travail si vain ;
J'irai plutôt dormir sous l'aile de mon père,
    Dans son verger divin.

Là, je remplacerai par la coupe de fête
    Le calice de maux,
Et l'arbre de l'amour parfumera ma tête
    Du miel de ses rameaux.

Sépare-toi, mon cœur, des voluptés de l'homme,
    Fais trêve au vain désir,
Dédaigne ce qu'il cherche, et surtout ce qu'il nomme
    Espérance ou plaisir.

Quand il s'est bien repu de vide et de fumée,
    Et qu'il meurt sans soutien,

Où va-t-il? on ne sait, car une fois fermée
Ꮮa fosse n'en dit rien.

Oh! plus doux mille fois l'asile où Dieu m'accueille,
Les bords en sont fleuris,
Et l'espoir des mortels pousse à peine une feuille
Que le mien a des fruits.

Quand je marche épuisé par trop de lassitude
Il m'enivre de foi :
Suis-je seul? ô mon Dieu! la douce solitude
Est plus douce avec toi.

C'est un reflet charmant de la céleste aurore
Sur mon front ranimé,
C'est la montagne sainte où se conserve encore
L'odeur du bien-aimé.

Turquéty (Hymnes Sacrées).

SONNET DE Sᴛᴇ THÉRÈSE A JÉSUS CRUCIFIÉ.

Ce qui m'excite à t'aimer, ô mon Dieu,
Ce n'est pas l'heureux Ciel que mon espoir devance,
Ce qui m'excite à t'épargner l'offense,
Ce n'est pas l'enfer sombre et l'horreur de son feu!

C'est toi, mon Dieu, toi par ton libre vœu
Cloué sur cette croix où t'atteint l'insolence;

C'est ton saint corps sous l'épine et la lance,
Où tous les aiguillons de la mort sont en jeu.

Voilà ce qui m'éprend, et d'amour si suprême,
O mon Dieu, que, sans Ciel même, je t'aimerais ;
Que, même sans enfer, encor je te craindrais !

Tu n'as rien à donner, mon Dieu, pour que je t'aime ;
Car, si profond que soit mon espoir, en l'ôtant,
Mon amour irait seul, et t'aimerait autant !

SAINTE-BEUVE (Poésies).

LE SOMMEIL.

TRADUIT D'UHLAND.

— Quels doux chants et quelle voix légère
Soudain m'empêchent de dormir !
Écoute, regarde, ma mère,
Qui donc si tard peut nous venir ?

— Je ne puis rien voir, rien entendre,
Oh ! par pitié, repose-toi.
Hélas ! qui pourrions-nous attendre ?
Mon pauvre enfant, dors près de moi.

— Ce n'est pas une voix mortelle
Dont j'ai cru distinguer le bruit.

C'est l'Ange des cieux qui m'appelle,
Adieu, ma mère, bonne nuit.

X. MARMIER (inédit).

LE PARDON.

Il est, au pied du Christ, à côté de sa mère,
Un Ange, le plus beau des habitants du ciel,
Un frère adolescent de ceux que Raphaël
Entre ses bras divins apporta sur la terre.

Un léger trouble effleure à demi sa paupière,
Sa voix ne s'unit pas au cantique éternel,
Mais son regard plus tendre et presque maternel
Suit l'homme qui s'égare au vallon de misère.

De clémence et d'amour esprit consolateur,
Dans une coupe d'or, sous les yeux du Seigneur,
Par lui du repentir les larmes sont comptées,

Car de la pitié sainte il a reçu le don ;
C'est lui qui mène à Dieu les âmes rachetées,
Et ce doux Séraphin se nomme : le pardon !

A. DE LATOUR (Loin du foyer).

L'AUMONE.

Louise, le matin, à l'heure du réveil,
Lorsque par un baiser votre mère adorée
Vous invite à bénir dans la langue sacrée
Le Dieu qui des enfants enchante le sommeil,

Pensez-vous quelquefois que sur cette humble terre
D'autres enfants, hélas! comme vous bons et doux,
Sur leur chevet bien froid s'éveillent avant vous,
Qui ne connaissent plus ce baiser d'une mère?

Priez, priez pour eux! car ils mourraient de faim
Si les petits oiseaux qui passent sous la nue,
Voyant leur abandon et leur enfance nue,
Ne laissaient sur leurs pas quelques miettes de pain.

Ce pain se fait au ciel du froment de l'aumône;
Il est, au Paradis, une plaine d'amour,
Où l'épi pour mûrir n'a besoin que d'un jour,
Et qu'un lac bienfaisant de ses eaux environne.

Les Anges, en chantant, entr'ouvrent le sillon,
Et les vierges, le soir, moissonneuses divines,
De leurs faucilles d'or dépouillant les collines,
Entre les orphelins partagent la moisson.

Le Même (Lieu cité).

LE PETIT SAVOYARD.

LE DÉPART.

CHANT PREMIER.

Pauvre petit, pars pour la France.
Que te sert mon amour? Je ne possède rien.
On vit heureux ailleurs ; ici, dans la souffrance
Pars, mon enfant, c'est pour ton bien.

Tant que mon lait put te suffire,
Tant qu'un travail utile à mes bras fut permis,
Heureuse et délassée en te voyant sourire,
Jamais on n'eût osé me dire :
Renonce aux baisers de ton fils.

Mais je suis veuve ; on perd sa force avec la joie.
Triste et malade, où recourir ici?
Où mendier pour toi? chez des pauvres aussi !
Laisse ta pauvre mère, enfant de la Savoie ;
Va, mon enfant, où Dieu t'envoie.

Mais, si loin que tu sois, pense au foyer absent.
Avant de le quitter, viens, qu'il nous réunisse.
Une mère bénit son fils en l'embrassant ;
Mon fils, qu'un baiser te bénisse.

Vois-tu ce grand chêne, là-bas?
Je pourrai jusque-là t'accompaguer, j'espère.

Quatre ans déjà passés, j'y conduisis ton père ;
 Mais lui, mon fils, ne revint pas.

Encor, s'il était là pour guider ton enfance,
Il m'en coûterait moins de t'éloigner de moi ;
Mais tu n'as pas dix ans, et tu pars sans défense.
 Que je vais prier Dieu pour toi !

Que feras-tu, mon fils, si Dieu ne te seconde,
Seul, parmi les méchants (car il en est au monde),
Sans ta mère, du moins pour t'apprendre à souffrir !
Oh ! que n'ai-je du pain, mon fils, pour te nourrir !

Mais Dieu le veut ainsi ; nous devons nous soumettre !
 Ne pleure pas en me quittant ;
Porte au seuil des palais un visage content.
Parfois mon souvenir t'affligera peut-être ;
Pour distraire le riche, il faut chanter pourtant.

Chante, tant que la vie est pour toi moins amère ;
Enfant, prends ta marmotte et ton léger trousseau !
Répète, en cheminant, les chansons de ta mère,
Quand ta mère chantait autour de ton berceau.

Si ma force première encor m'était donnée,
J'irais te conduisant moi-même par la main,
Mais je n'atteindrais pas la troisième journée ;
Il faudrait me laisser bientôt sur ton chemin :
Et moi, je veux mourir aux lieux où je suis née.

Maintenant, de ta mère entends le dernier vœu :
Souviens-toi, si tu veux que Dieu ne t'abandonne,
Que le seul bien du pauvre est le peu qu'on lui donne.
Prie, et demande au riche : il donne au nom de Dieu.
Ton père le disait ; sois plus heureux : adieu.

Mais le soleil tombait des montagnes prochaines,
Et la mère avait dit : « Il faut nous séparer ; »
Et l'enfant s'en allait à travers les grands chênes,
Se tournant quelquefois, et n'osant pas pleurer.

PARIS.

CHANT DEUXIÈME.

J'ai faim : vous qui passez, daignez me secourir.
Voyez : la neige tombe , et la terre est glacée.
J'ai froid : le vent se lève et l'heure est avancée,
    Et je n'ai rien pour me couvrir.

Tandis qu'en vos palais tout flatte votre envie,
A genoux sur le seuil, j'y pleure bien souvent.
Donnez : peu me suffit ; je ne suis qu'un enfant,
    Un petit sou me rend la vie.

On m'a dit qu'à Paris je trouverais du pain ;
Plusieurs ont raconté dans nos forêts lointaines
Qu'ici le riche aidait le pauvre dans ses peines,
Eh bien ! moi, je suis pauvre et je vous tends la main.

    Faites-moi gagner mon salaire ;

Où me faut-il courir? dites, j'y volerai.
Ma voix tremble de froid ; eh bien ! je chanterai,
    Si mes chansons peuvent vous plaire.

    Il ne m'écoute pas, il fuit ;
Il court dans une fête (et j'en entends le bruit),
    Finir son heureuse journée.
Et moi, je vais chercher, pour y passer la nuit,
    Cette guérite abandonnée.

Au foyer paternel quand pourrai-je m'asseoir
    Rendez-moi ma pauvre chaumière,
Le laitage durci qu'on partageait le soir,
Et, quand la nuit tombait, l'heure de la prière
Qui ne s'achevait pas sans laisser quelque espoir.

Ma mère, tu m'as dit quand j'ai fui ta demeure :
Pars, grandis et prospère, et reviens près de moi.
Hélas ! et tout petit, faudra-t-il que je meure
    Sans avoir rien gagné pour toi.

    Non, l'on ne meurt point à mon âge ;
Quelque chose me dit de reprendre courage,
Eh ! que sert d'espérer ? Que puis-je attendre enfin ?
J'avais une marmotte, elle est morte de faim.

Et, faible, sur la terre il reposait sa tête ;
Et la neige, en tombant, le couvrait à demi,
Lorsqu'une douce voix, à travers la tempête,
Vint réveiller l'enfant par le froid endormi.

Qu'il vienne à nous celui qui pleure,
Disait la voix mêlée au murmure des vents ;
L'heure du péril est notre heure ;
Les orphelins sont nos enfants.

Et deux femmes en deuil recueillaient sa misère.
Lui, docile et confus, se levait à leur voix ;
Il s'étonnait d'abord ; mais il vit dans leurs doigts
Briller la croix d'argent au bout du long rosaire ;
Et l'enfant les suivit en se signant deux fois.

LE RETOUR.

CHANT TROISIÈME.

Avec leurs grands sommets, leurs glaces éternelles,
Par un soleil d'été, que les Alpes sont belles !
Tout dans leurs frais vallons sert à nous enchanter :
La verdure, les eaux, les bois, les fleurs nouvelles.
Heureux qui sur ces bords peut longtemps s'arrêter !
Heureux qui les revoit, s'il a pu les quitter !

Seul, loin dans la vallée, un bâton à la main,
Qui va de France à la Savoie ?
Quel est le voyageur que l'été leur envoie ?
C'est un enfant ; il marche, il suit le long chemin.

Bientôt de la colline il prend l'étroit sentier :
Il a mis, ce matin, la bure du Dimanche,
Et dans son sac de toile blanche
Est un pain de froment qu'il garde tout entier.

Pourquoi tant se hâter à sa course dernière ?
C'est que la pauvre enfant veut gravir le coteau,
Et ne point s'arrêter qu'il n'ait vu son hameau
    Et n'ait reconnu sa chaumière.

Les voilà ! tels encor qu'il les a vus toujours,
Ces grands bois, ce ruisseau qui fuit sous le feuillage !
Il ne se souvient plus qu'il a marché dix jours ;
    Il est si près de son village !

Tout joyeux, il arrive, et regarde ; mais quoi ?
Personne ne l'attend ! sa chaumière est fermée.
Pourtant du toit aigu sort un peu de fumée.
Et l'enfant plein de trouble : «Ouvrez, dit-il, c'est moi.»

La porte cède ; il entre, et sa mère attendrie,
Sa mère, qu'un long mal près du foyer retient,
Se relève à moitié, tend les bras et s'écrie :
    « N'est-ce pas mon fils qui revient ? »

Son fils est dans ses bras, qui pleure et qui l'appelle :
« Je suis infirme, hélas ! Dieu m'afflige, dit-elle ;
» Et depuis quelques jours je te l'ai fait savoir,
» Car je ne voulais pas mourir sans te revoir. »

Mais lui : « De votre enfant vous étiez éloignée,
» Le voilà qui revient, ayez des jours contents ;
» Vivez : je suis grandi, vous serez bien soignée ;
    » Nous sommes riches pour longtemps. »

Et les mains de l'enfant, des siennes dégagées,

Jetaient sur ses genoux tout ce qu'il possédait,
Les trois pièces d'argent dans sa veste cachées,
Et le pain de froment que pour elle il gardait.

Sa mère l'embrassait et respirait à peine ;
Et son œil se fixait, de larmes obscurci,
    Sur un grand Crucifix de chêne,
Suspendu devant elle et par le temps noirci.

« C'est lui, je le savais, le Dieu des pauvres mères
» Et des petits enfants, qui du mien a pris soin ;
» Lui, qui me consolait quand mes plaintes amères
    » Appelaient mon fils de si loin.

» C'est le Christ du foyer, que les mères implorent,
» Qui sauve nos enfants du froid et de la faim.
» Nous gardons nos agneaux et les loups les dévorent ;
» Nos fils s'en vont tout seuls et reviennent enfin.

» Toi, mon fils, maintenant me seras-tu fidèle ?
» Ta pauvre mère infirme a besoin de secours ;
» Elle mourrait sans toi. » L'enfant, à ce discours,
Grave, et joignant ses mains, tombe à genoux près d'elle,
Disant : « Que le bon Dieu vous fasse de longs jours ! »

        A. GUIRAUD *(Poésies dédiées à la Jeunesse).*

SOUVENIRS DE L'ÉCOLIER.

Humble et bon vieux Curé d'Arzanno, digne Prêtre,
Que tel je respectais, que j'aimais comme un maître,
Pour occuper tes jours, si pleins, si réguliers,
N'as-tu plus près de toi tes pauvres écoliers ?
Hélas ! je fus l'un d'eux ! dans ma douleur présente,
J'aime à me rappeler cette vie innocente ;
Leurs noms je les sais tous : Albin, Elô, Daniel,
Loïc du bourg de Sçaer, Ives de Ker-ihuel,
Tous jeunes paysans aux costumes étranges,
Portant de longs cheveux flottants, comme les Anges.
Oh ! je pleurai d'abord et longtemps je gémis :
Pour la première fois je voyais mes amis,
Pour la première fois je quittais mes deux mères ;
Oh ! d'abord je versai bien des larmes amères !
Le travail arriva qui sut tout adoucir ;
Le travail, mon effroi, bientôt fit mon plaisir.
Le premier point du jour nous éveillait : bien vite,
Les fronts lavés et purs, et la prière dite,
Chacun gagnait sa place, et sur les grands paliers,
Dans les chambres, les cours, le long des escaliers ;
En été dans les foins, couchés sous la verdure,
C'était tout le matin, c'était un long murmure,
Comme les blancs ramiers autour de leurs maisons,
D'écoliers à mi-voix répétant leurs leçons ;

Puis la Messe, les jeux, et les beaux jours de fête,
Des Offices sans fin chantés à pleine tête.

. . . .

. . . .

De ces jours de ferveur, oh ! vous pouvez m'en croire,
L'éclat lointain réchauffe encore ma mémoire,
L'orgue divin résonne en mon âme, et ma voix
Retrouve vers le ciel ses accents d'autrefois.
Jours aimés ! jours éteints ! Comme un jeune lévite,
J'ai porté l'aube blanche et l'étole bénite,
Chanté l'hymne latin dans le chœur, et, le soir,
Aux marches de l'autel balancé l'encensoir.
Cependant tout un peuple à genoux sur la pierre,
Parmi les flots d'encens, les fleurs et la lumière,
Femmes, enfants, vieillards, hommes graves et mûrs,
Tous dans un même vœu, tous avec des cœurs purs,
Disaient le Dieu des fruits et des moissons nouvelles,
Qui darde ses rayons pour sécher les javelles,
Ou quelquefois permet aux fléaux souverains
De faucher les froments et d'emporter les grains :
Les voix montaient,. . . . .

. . . .

. . . . des pleurs ruisselaient de mes yeux,
Et, comme si Dieu même eût dévoilé les cieux,
Introduit par sa main dans les saintes phalanges,
Je sentais tout mon être éclater en louanges,
Et noyé dans des flots d'amour et de clarté,
Je m'anéantissais devant l'Immensité !

Je fus poète alors! sur mon âme embrasée
L'imagination secoua sa rosée,
Et je reçus d'en-haut le don intérieur
D'exprimer par des chants ce que j'ai dans le cœur !

Il est dans nos cantons, ô ma chère Bretagne !
Plus d'un terrain fangeux, plus d'une âpre montagne :
Là de tristes landiers comme nés au hasard,
Où l'on voit à midi se glisser le lézard ;
Puis un silence lourd, fatigant, monotone,
Nul oiseau dont la voix vous charme et vous étonne,
Mais le grillon qui court de buisson en buisson,
Et toujours vous poursuit du bruit de sa chanson ;
Dans nos cantons aussi, lointaines, isolées,
Il est de claires eaux, et de fraîches vallées,
Et d'épaisses forêts, et des bosquets de buis,
Où le gibier craintif trouve de sûrs réduits.
Enfant, j'ai traversé plus d'un fleuve à la nage,
Ravi sa dure écorce à plus d'un houx sauvage,
Et sur les chênes verts, de rameaux en rameaux,
Visité dans leurs nids les petits des oiseaux.

. . . .

Amour ! Religion ! Nature ! à mon aurore,
Ainsi vous m'appeliez de votre voix sonore ;
Et comme un jeune faon qui court, à son réveil
Aux lisières des bois saluer le soleil,
Brame en voyant au ciel la lumière sacrée,
Et le reste du jour errant sous la fourrée,
Le soir, aspire encor de ses larges naseaux

Les feux qui vont mourir dans la fraîcheur des eaux :
Amour ! Religion ! Nature ! ainsi mon âme
Aspira les rayons de votre triple flamme.
Et dans ce monde obscur où je m'en vais errant,
Vers vos divins soleils je me tourne en pleurant.

. . . .

Oh ! lorsqu'après deux ans de poignantes douleurs
Je revis ma Bretagne et ses genêts en fleurs,
Lorsque, sur le chemin, un vieux pâtre celtique
Me donna le bonjour dans son langage antique,
Quand, de troupeaux, de blés, causant ainsi tous deux,
Vinrent d'autres Bretons avec leurs longs cheveux ;
Oh ! comme alors, pareil au torrent qui s'écoule,
Mes songes les plus frais m'inondèrent en foule !
Je me voyais enfant, heureux comme autrefois,
Et malgré moi, mes pleurs étouffèrent ma voix !...

Alors j'ai voulu voir les murs du presbytère
Dont, jeune, j'ai porté la règle salutaire,
Et marchant vers l'ouest, par un sentier connu,
Au Pays-des-Vallons pensif je suis venu.

Déjà non loin du bourg, j'entrais dans cette lande
Qui jette vers le soir une odeur de lavande,
Quand d'un étroit chemin tout bordé de halliers,
Près de moi descendit un troupeau d'écoliers :
Leur maître les suivait quelques pas en arrière,
De son air souriant, récitant le Bréviaire

Lui seul me reconnut ; cependant à mon nom
Je vis dans tous les yeux briller comme un rayon ;
Nous causâmes : au bout de cette promenade,
J'étais pour les plus grands, un ancien camarade.
Mes amis d'autrefois, aujourd'hui dispersés,
Et comme moi peut-être en bien des lieux froissés,
Revenez comme moi vers cette maison sainte !
Notre jeunesse encor revit dans son enceinte
Toujours même innocence et même piété,
Et dans l'emploi du temps, même variété ;
Le soir, comme autrefois, le plus jeune Vicaire
Sur quelque auteur latin au Curé fait la guerre ;

D'un vers de l'Enéide on discute le sens ;
César, surtout, César qui dans ses bras puissants
Étreignit l'Armorique, et, frissonnant et blême
Dans les bras d'un Gaulois, fut emporté lui-même,
Sur les crins d'un coursier traîné hors du combat,
Et ne dut son salut qu'au mépris du soldat.

Cependant la nuit tombe. Enfants et domestiques,
Quelques voisins, amis des pieuses pratiques,
S'assemblent dans la salle et leur humble Oraison
Encens du cœur, s'élève et remplit la maison ;
Et la journée ainsi, pieuse et régulière,
Comme elle a commencé finit par la prière.

A. Brizeux (Marie).

LA PAUVRE FILLE.

J'ai fui ce pénible sommeil
Qu'aucun songe heureux n'accompagne,
J'ai devancé sur la montagne
Les premiers rayons du soleil.

S'éveillant avec la nature,
Le jeune oiseau chantait sur l'aubépine en fleurs ;
Sa mère lui portait la douce nourriture......
Mes yeux se sont mouillés de pleurs.

Oh ! pourquoi n'ai-je pas de mère !
Pourquoi ne suis-je pas semblable au jeune oiseau,
Dont le nid se balance aux branches de l'ormeau ?
Rien ne m'appartient sur la terre,
Je n'ai pas même de berceau,
Et je suis un enfant trouvé sur une pierre,
Devant l'Église du hameau.

Loin de mes parents exilée,
De leurs embrassements j'ignore la douceur ;
Et les enfants de la vallée
Ne m'appellent jamais leur sœur !
Je ne partage pas les jeux de la veillée ;
Jamais, sous un toit de feuillée,
Le joyeux laboureur ne m'invite à m'asseoir,
Et de loin je vois sa famille,

Autour du sarment qui pétille,
Chercher sur ses genoux les caresses du soir.

Vers la Chapelle hospitalière
En pleurant j'adresse mes pas,
La seule demeure ici-bas
Où je ne sois point étrangère,
La seule devant moi qui ne se ferme pas !

Souvent je contemple la pierre
Où commencèrent mes douleurs ;
J'y cherche la trace des pleurs
Qu'en m'y laissant, peut-être y répandit ma mère.

Souvent aussi mes pas errants
Parcourent des tombeaux l'asile solitaire ;
Mais pour moi les tombeaux sont tous indifférents,
La pauvre fille est sans parents,
Au milieu des cercueils ainsi que sur la terre !

J'ai pleuré quatorze printemps
Loin des bras qui m'ont repoussée ;
Reviens, ma mère, je t'attends,
Sur la pierre où tu m'as laissée !

A. Soumet.

L'ÉCOLIER.

Un tout petit enfant s'en allait à l'école.
On avait dit : Allez !.... il tâchait d'obéir ;
Mais son livre était lourd ! il ne pouvait courir.
Il pleure, et suit de loin une abeille qui vole.

« Abeille, lui dit-il, voulez-vous me parler ?
» Moi, je vais à l'école : il faut apprendre à lire ;
» Mais le maître est tout noir, et je n'ose pas rire !
» Voulez-vous rire, abeille, et m'apprendre à voler ?
» — Non, dit-elle ; j'arrive et je suis très pressée.
» J'avais froid : l'aquilon m'a longtemps oppressée :
» Enfin, j'ai vu les fleurs, je redescends du ciel,
» Et je vais commencer mon doux rayon de miel.
» Voyez ! j'en ai déjà puisé dans quatre roses ;
» Avant une heure encor nous en aurons d'écloses.
» Vite, vite à la ruche ! on ne rit pas toujours :
» C'est pour faire le miel qu'on nous rend les beaux jours. »

Elle fuit et se perd sur la route embaumée.
Le frais lilas sortait d'un vieux mur entr'ouvert ;
Il saluait l'aurore, et l'aurore charmée
Se montrait sans nuage, et riait de l'hiver.

Une hirondelle passe ; elle effleure la joue
Du petit nonchalant qui s'attriste et qui joue ;

Et dans l'air suspendue, en redoublant sa voix,
Fait tressaillir l'écho qui dort au fond des bois.

« Oh ! bonjour ! dit l'enfant, qui se souvenait d'elle ;
» Je t'ai vue à l'automne.. Oh ! bonjour, hirondelle,
» Viens ! tu portais bonheur à ma maison, et moi
» Je voudrais du bonheur. Veux-tu m'en donner, toi ?
» Jouons. — Je le voudrais, répond la voyageuse,
» Car je respire à peine, et je me sens joyeuse.
» Mais j'ai beaucoup d'amis qui doutent du printemps ;
» Ils rêveraient ma mort si je tardais longtemps.
» Non, je ne puis jouer. Pour finir leur souffrance,
» J'emporte un brin de mousse en signe d'espérance.
» Nous allons relever nos palais dégarnis :
» L'herbe croît, c'est l'instant des amours et des nids.
» J'ai tout vu. Maintenant, fidèle messagère,
» Je vais chercher mes sœurs, là-bas sur le chemin.
» Ainsi que nous, enfant, la vie est passagère,
» Il faut en profiter. Je me sauve..... A demain ! »

L'enfant reste muet ; et la tête baissée,
Rêve et compte ses pas pour tromper son ennui,
Quand le livre importun, dont sa main est lassée,
Rompt ses fragiles nœuds, et tombe auprès de lui.

Un dogue l'observait du fond de sa demeure.
Stentor, gardien sévère et prudent à la fois,
De peur de l'effrayer retient sa grosse voix.
Hélas ! peut-on crier contre un enfant qui pleure ?

« Bon dogue, voulez-vous que je m'approche un peu,
» Dit l'écolier plaintif? Je n'aime pas mon livre ;
» Voyez ! ma main est rouge ; il en est cause. Au jeu
» Rien ne fatigue, on rit ; et moi, je voudrais vivre
» Sans aller à l'école, où l'on tremble toujours.
» Je m'en plains tous les soirs, et j'y vais tous les jours ;
» J'en suis très mécontent. Je n'aime aucune affaire.
» Le sort des chiens me plaît, car ils n'ont rien à faire.

» — Écolier ! voyez-vous le laboureur aux champs ?
» Eh bien ! ce laboureur, dit Stentor, c'est mon maître.
» Il est très vigilant ; je le suis plus peut-être.
» Il dort la nuit, et moi j'écarte les méchants.
» J'éveille aussi ce bœuf qui d'un pied lent, mais ferme,
» Va creuser les sillons quand je garde la ferme.
» Pour vous-même on travaille ; et, grâce à vos brebis,
» Votre mère, en chantant, vous file des habits.
» Par le travail tout plaît, tout s'unit, tout s'arrange.
» Allez donc à l'école ; allez, mon petit ange !
» Les chiens ne lisent pas, mais la chaîne est pour eux :
» L'ignorance toujours mène à la servitude.
» L'homme est fin, l'homme est sage, il nous défend l'étude ;
» Enfant, vous serez homme, et vous serez heureux ;
» Les chiens vous serviront. »

L'enfant l'écouta dire,
Et même il le baisa. Son livre était moins lourd.
En quittant le bon dogue il pense, il marche, il court.
L'espoir d'être homme un jour lui ramène un sourire,

A l'école, un peu tard, il arrive gaîment,
Et dans le mois des fruits il lisait couramment.

Mme DESBORDES-VALMORE *(Poésies).*

L'ENFANCE.

Jeté par le Seigneur au sentier de la vie,
Sur la route commune où vont tous les humains,
J'allais, et chaque bruit à mon âme ravie
Était doux, et de fleurs je remplissais mes mains.

Alors brillait le jour de la première enfance,
Jour serein, jour formé tout de fraîcheur et d'or,
Jour dont le souvenir, aux jours de la souffrance,
Est comme un pur encens qui brûle et fume encor,

Mais ce jour a passé, comme fait toute chose;
Il emporte, détruit hochets, vouloirs mutins,
Rires et pleurs mêlés, visage à teinte rose,
Heureuse imprévoyance avec jeux enfantins.

Je ne le verrai plus ! ses ailes fugitives
Ne s'ouvriront jamais pour revenir à moi;
Maintenant je n'aurais que des heures plaintives,
Si mon cœur n'était pas consolé par sa foi.

Aussi j'aime à tourner mes regards en arrière ;
Il est doux de rêver à ces temps du bonheur,
Et puis ils sont si purs qu'alors notre prière,
Souvent plus pure aussi monte vers le Seigneur.

Oh ! soyons donc toujours comme on est dans l'enfance,
Petits, simples, naïfs, sans orgueil et sans fiel,
Aimables de candeur et de belle innocence,
Et nous irons un jour voir Jésus dans le ciel.

L'Abbé A. DUPUY (Chants de l'Aurore).

HOROSCOPE.

A MARIE CLAIRE D., AU JOUR DE SON BAPTÊME.

C'est ton bon Ange, enfant, qui m'apporte ma lyre,
Et veut que je murmure un hymne à ton berceau ;
Je cède : des élus ton front porte le sceau,
Et, comme à ton ami, tu sembles me sourire.

Hier, en t'accueillant dès le seuil du chemin,
Ta mère demandait, sur ta couche inclinée :
« Oh ! qui donc nous dira sa jeune destinée ? »
L'Ange me dit tout bas : Tu la sauras demain !

Eh bien, ce qu'aujourd'hui sa bonté me révèle,
Les mots écrits au ciel, écoute, les voici :

« Ce que ta mère fut, tu le seras aussi :
Tu seras bonne, douce, et pieuse comme elle.

« Tous les jours que le Ciel te réserve ici-bas
Seront-ils sans nuages ? Oh ! non ; mais Dieu te donne
Le vrai bien, le seul bien qui jamais n'abandonne,
La vertu qui soutient au milieu des combats.

« Le monde t'offrira son bonheur éphémère :
Tu le dédaigneras pour des biens plus certains :
Et pour répondre, enfant, à tes nobles destins,
Tu n'auras qu'à marcher sur les pas de ta mère. »

Oh ! nous accueillons tous ces présages heureux.
Entre donc, jeune sœur, au sentier de la vie ;
Hier je te plaignais, aujourd'hui je t'envie ;
Car ton bonheur, les Saints le désirent entre eux.

Voilà pourquoi, sans doute, au jour de ta naissance
Cet astre doux et pur qui vint à l'horizon ;
Mon regard de poète en cherchait la raison...
C'était, je le vois bien, l'astre de l'innocence.

Maintenant dors, enfant, dors de ce doux sommeil
Que rien n'altère encor ; laisse-nous nos alarmes,
Notre pain de douleurs, notre boisson de larmes,
Ferme vite tes yeux à ce vilain soleil.

Sur toi ton Ange veille, et puis voilà ta mère,
Et puis déjà ton Dieu veut s'occuper de toi ;

Dès qu'il lit sur ton front le signe de la foi,
Il t'aime, et t'ôtera toute pensée amère.

Un jour ton Ange et moi nous reviendrons ici ;
Tu seras grande alors... mais ta robe si pure
Nous la montreras-tu sans la moindre souillure ?
Je l'espère, ma fille, et ton bon Ange aussi.

L'Abbé DEVOILLE (Chants de l'Exil).

A PAUL C..., AGÉ DE TROIS ANS.

Tu dors, pauvre innocent, et l'Ange de l'enfance
En t'effleurant de l'aile a joint tes petits yeux ;
C'est ton ami, tu dois bien l'aimer ; il s'avance
Pour t'emmener, je crois, avec lui dans les cieux.

Tu dors..... et tout-à-l'heure encor la larme amère
Roulait grosse et pressée en ton œil irrité ;
Puis ta bouche a souri, car la main de ta mère
Bien douce avait passé sur ton front attristé.

En rêve tu saisis le bonheur au passage :
Des livres, des joujoux, que sais-je ? un oisillon.
Au moins maman est là, si Paul veut être sage,
Qui lui garde au réveil un joli papillon.

Elle est là qui prend soin qu'aucun bruit ne se fasse :
Demain, quand le soleil dorera tes rideaux,
Il faut bien qu'avant tout deux fois elle t'embrasse
Et t'apprenne à prier : retiens bien tous ses mots.

Enfant, si tu savais ce que c'est que la vie,
Tu désirerais moins devenir grand et fort ;
Nous qui sommes bien loin, nous te portons envie.
Ah ! si tu peux rester, pauvre enfant, reste au port !

Dors au moins : c'est si doux de dormir à ton âge !
Dès que tu grandiras viendront les noirs chagrins :
L'aurore de la vie est souvent sans nuage,
Et nous avons pourtant bien peu de jours sereins.

Un jour, en revoyant la couchette si molle
Où le matin ta mère épiait ton réveil,
Tu lui diras : Rends-moi mon enfance si folle,
Et mes rêves dorés, et mon léger sommeil.

Vains regrets! le temps court; tout n'est qu'ombre et chimère :
Il faudra, comme nous, que tu dises adieu
A l'âge où tu faisais le bonheur de ta mère,
Les délices de l'Ange et l'amour de ton Dieu.

LE MÊME (Voix de la Solitude).

LA SOEUR GRISE.

J'ai laissé pour toujours la maison paternelle ;
Mes jeunes sœurs pleuraient, ma pauvre mère aussi.
Oh ! qu'un regret tardif me rendrait criminelle !
    Ne suis-je pas heureuse ici ?

Ne m'abandonne pas, toi qui m'as appelée :
Dieu qui mourus pour nous, mon Dieu, je t'appartiens ;
    Et moi qui console et soutiens
    J'ai besoin d'être consolée.

Ignorante du monde avant de le quitter,
    Je ne le hais point, et peut-être
(Un mourant me l'a dit), j'aurais dû le connaître,
    Pour ne jamais le regretter.

Quand je me sens reprendre à sa joie éphémère,
    Faible encor du dernier adieu,
    J'embrasse ta croix, ô mon Dieu !
    Je n'embrasserai plus ma mère.

Souvenirs de bonheur, que voulez-vous de moi,
Que vous sert de troubler ma retraite profonde ?
    Et qu'ai-je à faire avec le monde,
Dont le nom seul, ici, doit me glacer d'effroi ?

Ici la charité remplit mes chastes heures.
Le malheureux bénit ma main qui le défend ;

Je nourris l'orphelin d'espérances meilleures ;
Ta servante, ô mon Dieu, dans ces tristes demeures,
Est l'enfant du vieillard, la mère de l'enfant.

Et tandis que mes sœurs à de nouvelles fêtes
    Vont peut-être se préparer,
Que, des fleurs dont ma mère aimait à me parer,
    Elles ont couronné leurs têtes,
Moi, je veille et je prie, et ne dois point pleurer.

O de mes premiers jours images trop fidèles !
Mes songes quelquefois me rendent vos douceurs.
Ma bouche presse encor les lèvres maternelles
Et même au bal joyeux je suis mes jeunes sœurs,
    Le front ceint de roses, comme elles.

    Vaine illusion d'un instant,
Dont le charme confus m'agite et me réveille !
Mais la cloche plaintive a frappé mon oreille :
A son lit de douleur le malade m'attend.

    Là, naguère, une pauvre fille
Me disait en pleurant ; Dieu finit mes malheurs.
    J'étais orpheline, et je meurs
    Sans avoir connu ma famille.
Moi j'ai quitté la mienne.... et nous mêlions nos pleurs.

J'avais une famille, et pourtant je l'oublie ;
    Et mon cœur bat d'un noble orgueil,

Quand le pauvre a pressé de sa main affaiblie
Ma main qui doucement l'accompagne au cercueil.

Consolé par ma voix, à son heure suprême,
Bien souvent le pécheur s'endort moins agité :
Que dis-je ? le mourant me console lui-même
De ce monde si vain qu'avant lui j'ai quitté.

Et lorsque dans ses yeux une dernière flamme,
Révèle un saint espoir, né d'une ardente foi,
Je recommande à Dieu de recevoir son âme,
    Au mourant de prier pour moi.

A. GUIRAUD (Poésies dédiées à la Jeunesse).

A MON AME.

Mon âme, si tu veux conserver la faveur
    Et le sourire de ton Maître,
A ses regards toujours allumer ta ferveur,
Converser avec lui, le voir et le connaître ;

Si tu veux que, toujours, tes amours vers les cieux
    S'envolent pures, immortelles,
Et que ton Ange saint, plein d'un zèle pieux,
Te caresse toujours du souffle de ses ailes ;

Si tu veux pour ta joie avoir de doux concerts,
 Pour ton angoisse quelque plainte,
Un chant de souvenir pour les malheurs soufferts,
Et des soupirs d'alarme aux accès de ta crainte ;

Si tu veux, ô mon âme, à l'heure où vient la nuit,
 Sentir tes peines allégées,
D'un œil presque joyeux voir le jour qui s'enfuit,
Croyant de ta prison les heures abrégées ;

Si tu veux que le bruit du vent, des eaux, des bois,
 Le bruit de toute créature,
Toujours te fasse entendre une touchante voix,
Qui te dise : «Louons le Dieu de la nature ; »

Si tu veux admirer le temple du Seigneur,
 Le temple aux colonnes gothiques,
N'avoir pas, en ce monde, un plus profond bonheur
Que d'écouter ses voix et ses divins cantiques ;

Et si tu veux enfin toujours aimer la foi
 Que Jésus sème en paraboles,
Et détester toujours, comme indignes de toi,
Le monde, ses plaisirs, et ses pompes frivoles ;

Dans le bruyant roulis de leurs contentions,
O mon âme, jamais ne te jette insensée,
Jamais n'admets en toi toutes ces passions,
Jamais ne livre aux vents l'amour de ta pensée.

Si quelqu'un d'eux te dit : « Pourquoi si peu de feu?
Pourquoi n'épouser pas l'ardeur qui nous transporte? »
Mon âme, réponds-lui, réponds toujours : « Qu'importe,
Qu'importe tout le monde à qui veut vivre en Dieu? »

Repousse loin de toi la vaine afféterie,
Les frivoles discours, le sarcasme insultant ;
Et garde, garde-toi de ce rire éclatant
Que souvent fait jaillir un coup de raillerie.

Fuis, comme le péché, les fêtes d'ici-bas ;
Evite les honneurs, et déteste l'éloge ;
Ne reçois rien de l'homme, et jamais ne déroge
A cette liberté qui doit guider tes pas.

Ainsi que, dans les champs, la blanche paquerette,
Laisse-toi, sous les pieds, fouler avec dédain,
Et ressemble plutôt à cette humble fleurette
Qu'à la rose superbe et reine du jardin.

Que le pur diamant, pour toi, soit de la boue ;
Que nos jours les plus beaux soient des ombres, pour toi ;
Dis souvent : « Viens finir cette nuit qui me joue,
Seigneur, et fais-moi voir le jour qu'attend ma foi. »

Sois semblable à l'enfant, l'enfant au doux visage,
Qui ne s'informe point ni du lieu, ni du temps,
Qui ne sait que bondir sur l'herbe du printemps,
Et prier le Seigneur afin d'être plus sage.

Ressemble enfin, ressemble à ce vase pieux
Qui sème les parfums autour du Saint Mystère,
L'encensoir, qui, fermant sa coupe vers la terre,
N'est ouvert seulement que du côté des cieux.

L'abbé A. DUPUY *(Chants de l'Aurore).*

UN HYMNE A MARIE.

Chantons un hymne à Marie,
Chantons un hymne nouveau,
Un hymne au seuil de la vie,
Un hymne près du tombeau.

C'est elle qui, d'en haut, sur nous veillant sans cesse,
Répand un jour divin sur nos yeux aveuglés,
Soutient nos pas tremblants de crainte et de faiblesse,
Et fait rentrer l'espoir dans nos esprits troublés.

C'est elle qui présente à Dieu nos sacrifices,
Nous sauve bien souvent des erreurs du chemin,
Elle qui, nous voyant au bord des précipices,
Descend à nos côtés et nous prend par la main ;

C'est elle qui, toujours, assistant à nos luttes,
De nos fiers ennemis nous a rendus vainqueurs ;
C'est elle qui, toujours, secourable à nos chutes,
A fait pleurer nos yeux et consolé nos cœurs ;

C'est elle, lorsque Dieu veut punir notre offense,
Que la foudre s'allume et commence à gronder,
Elle qui, devant lui prenant notre défense,
Retient son bras vengeur tout prêt à nous frapper ;

C'est elle qui, jadis, nous ouvrit cette voie
Où nous devons marcher de vertus en vertus,
Supporter les douleurs que le Ciel nous envoie,
Et suivre au Golgotha l'humble croix de Jésus ;

C'est elle enfin, c'est elle, à l'heure où notre vie
S'arrêtera brisée aux limites du temps,
Qui s'en viendra nous dire : « Ame, qui m'a suivie,
» Viens, l'hiver s'est enfui ; viens, voici le printemps ;

» A la gloire aboutit le douloureux Calvaire,
» Du monde ténébreux tu vas quitter l'effroi,
» Pour passer dans ces lieux qu'un jour limpide éclaire.
» Avec moi tu souffris, viens au ciel avec moi. »

Chantons un hymne à Marie,
Chantons un hymne nouveau,
Un hymne au seuil de la vie,
Un hymne près du tombeau.

LE MÊME (*Lieu cité*).

ROSA MYSTICA.

Marie ! à ce mot sur tes cordes
Laisse encore, ô mon luth ! laisse courir mes doigts ;
Prends tes sons les plus doux, et chante, tu le dois,
    La Reine des miséricordes.
Jamais un nom plus pur, plus beau, plus ravissant
N'a fleuri dans le ciel ni parfumé la terre ;
Honte à qui le connaît et s'obstine à le taire !
    Il est maudit du Tout-Puissant.

Marie ! ô doux nom qui console !
Nectar délicieux pour le cœur desséché,
Baume joyeux d'amour qui guérit du péché,
    Étoile sainte, ma boussole.
Écoutez comme il vibre en sons mélodieux
Ce nom ; c'est un cantique, il prie, il chante, il pleure,
Il repousse de l'âme, aussitôt qu'il l'effleure,
    Tous les souvenirs odieux.

Marie ! à ce mot tout espère ;
C'est comme un chant de paix descendu jusqu'à nous :
Prononcez-le, mortels, et tombez à genoux,
    En criant vers Dieu votre père.
A ce magique appel j'ai vu les cieux s'ouvrir
Et descendre sur vous la céleste rosée :
Dieu sourit, de sa main la foudre est déposée ;
    Non, vous ne devez plus mourir !

Mais quelle bouche est assez digne
Pour te nommer, ô toi, Rose du Paradis !
Fils d'Adam, nous n'avons que des accents maudits,
    Quand il faudrait les chants du cygne.
Prêteras-tu l'oreille à nos cris douloureux ?
Marie, oserons-nous, de la vallée amère ?...
Oui, pour avoir accès jusqu'à ton cœur de mère,
    Il suffit d'être malheureux.

    Vois donc cette famille immense
Qui se traîne, en mouillant la terre de ses pleurs ;
Ce sont tes fils, ô Vierge, et leurs vastes douleurs
    N'ont pas égalé ta clémence.
S'il est vrai que le Ciel te les remit en main,
Et qu'en toi la pitié ne soit jamais tarie,
Incline tes regards, ô divine Marie,
    Sois le salut du genre humain.

    Reine que les astres couronnent,
Des profondeurs du ciel l'Ange apporta ton nom :
Et chaque siècle est fier d'ajouter un chaînon
    Aux guirlandes qui t'environnent.
Oh ! souris à mon luth qui voudrait te nommer,
Qui voudrait de l'amour l'aile sûre et rapide
Pour voler jusqu'à toi, Vierge au regard limpide,
    Riante étoile de la mer.

    Écoute ces mots de tendresse,
Ces hymnes gracieux et ces surnoms touchants

Que la terre entrelace à ses vœux, à ses chants,
    Et comme un pur encens t'adresse,
A répéter ton nom quel cœur ne se complaît ?
Il le faut comme un baume au sein de l'infortune,
Et sans lui, l'on dirait, la vie est importune,
    Ou le bonheur n'est pas complet.

    Viens donc caresser mon délire,
Couvre-moi de ton aile, ô Vierge au front vermeil !
Que les rêves dorés qui bercent mon sommeil
    Par toi se fixent sur ma lyre.
Au baptême, ton nom me marqua de son sceau,
Il trouva, le premier, la route de mon âme,
Et ma mère savait le verser en dictame
    Sur les douleurs de mon berceau.

    Et puis, hélas ! de cette vie,
Je n'ai guère connu, comme toi, que les pleurs ;
C'est un titre de plus, ô mère des douleurs !
    A ta tendresse que j'envie.
Mais les maux d'ici-bas en vain m'accableront :
Pour reprendre courage au milieu de mes transes,
Il me suffit de voir les traces de souffrances
    Qui resplendissent sur ton front.

    De son navire qui chancelle
Le marinier t'invoque, et tu lui tends les bras ;
Sauver est ton bonheur ; ô ma sœur, tu viendras
    En aide à ma pauvre nacelle.

Toi qui n'as accepté du pouvoir infini
Que le droit de fléchir la colère céleste,
Je veux, je souffre tout, si la force me reste
    De murmurer ton nom béni.

    Oh ! qu'il me suive et me soutienne
Ce nom chéri de l'Ange et de l'Enfer vainqueur ;
Qu'il se colle à ma lèvre et s'attache à mon cœur,
    Talisman de l'âme chrétienne ;
Qu'il se mêle sans cesse à tout ce que je vois,
Et comme il m'accueillit au seuil de la carrière,
Qu'il soit mon dernier vœu, ma dernière prière,
    Le dernier souffle de ma voix !

              L'abbé DEVOILLE *(Chants de l'Exil)*.

AVE, MARIS STELLA.

Étoile de la mer, toi qui vis la naissance
    De la fille du matelot ;
Et qui veillas toujours sur sa couche d'enfance,
    Fragile esquif battu du flot !..
Sois encore un bon Ange auprès de ma nacelle ?
    Car déjà serpente l'éclair ;
Et l'océan mugit à mon bord qui chancelle
    Sous les vents déchaînés dans l'air.

Ave, maris Stella, douce et simple prière

Qu'enfant, je disais à genoux,
Et que sur le tillac murmurait mon vieux père;
Quand la foudre grondait sur nous !

Sois encore un bon Ange, étoile de Marie?
Que j'aimais, au soir d'un beau jour,
A contempler en mer, rêvant à la patrie
Où l'on attendait mon retour.
A toi j'ouvre mon cœur, loin des rives de France
Et du foyer de mes aïeux;
Livrant ma frêle voile au vent de l'espérance,
A ton pouvoir qui vient des cieux !

Ave, maris Stella, etc.

Sois encore un bon Ange, au milieu de l'orage?
Astre des pauvres orphelins !
Toi que mon bras montrait sur l'écueil du rivage
Au groupe des petits marins ;
Lorsque je leur disais : Enfants, essaim frivole,
Si jamais vers de noirs rochers
Le flux de l'océan vous pousse et vous isole,
Priez l'Étoile en vos dangers !

Ave, maris Stella, etc.

Martial AUDOIN *(Inédit)*.

L'ASSOMPTION.

Elle a pris son vol... où va-t-elle
Par les espaces entr'ouverts ?
Où va cette Femme immortelle
Au milieu de ce flot d'éclairs ?
Elle s'élance éblouissante,
Avec la vitesse puissante
De l'aigle ou des vents fugitifs ;
Elle s'élève couronnée,
Par dessus la terre étonnée,
Par dessus les cieux attentifs.

Cette femme que l'Ange nomme
Au bruit des acclamations,
C'est la Mère du Dieu fait homme,
Du Désiré des nations.
C'est la Vierge auguste et féconde
Qui porta le Sauveur du monde,
Dans un siècle à jamais sacré ;
C'est la Mère pleine de grâce
De celui qui mourut en face
De ce grand ciel qu'il a créé.

Oh ! quelle merveille éclatante !
Oh ! quel spectacle inattendu !

La Mère heureuse et triomphante
Retourne au Fils qu'elle a perdu.
Est-ce bien lui, lui dont la terre
Renia l'appel solitaire,
Condamna la céleste voix ;
Lui qui vivait dans les alarmes,
Lui qu'elle a vu, malgré ses larmes,
Agoniser sur une croix ?

Il règne maintenant, il plane
Au-dessus de l'homme pervers ;
Ce martyr d'un peuple profane
Est là-haut Roi de l'univers.
Pas un des soleils de l'espace
Qui ne se courbe quand il passe,
En murmurant son nom béni ;
Il peut tout frapper, tout absoudre ;
Il a pour messager la foudre,
Il a pour palais l'infini !

Et c'est là, sous un dais de flamme,
Qu'il vient de serrer dans ses bras
La douce Vierge, l'humble Femme
Qu'il choisit pour Mère ici-bas.
Oh ! de quel brillant diadème
Il entoure ce front qu'il aime !
Quel triomphe immense et divin !
Le Seigneur, le Dieu de victoire
La porte aujourd'hui dans sa gloire
Comme il fut porté dans son sein.

O vous que le Christ environne,
O sainte Mère du saint Roi,
Daignez du haut de votre trône,
Daignez dissiper notre effroi.
Protégez-nous contre l'audace
De l'ennemi qui nous menace,
Fortifiez notre abandon ;
Préservez-nous d'une défaite,
O vous que l'Éternel a faite
Si puissante pour le pardon !

Plaignez, sauvez l'homme fragile
Qui sans vous mourrait tout entier,
Pauvre créature d'argile
Que tout fait trembler et ployer.
Ayez pitié quand il s'égare,
Et dans son atmosphère avare
Envoyez-lui quelques lueurs ;
Rendez plus doux que de coutume
Ce pain du soir, pain d'amertume
Qu'il paie avec tant de sueurs.

Aidez nos âmes à renaître,
Voyez ! nous défaillons déjà ;
Priez pour nous le divin Maître,
Dites : « Mon Fils ! » il cédera.
Que refuse-t-il à sa Mère ?
Implorez-le ; votre prière
Nous empêchera de périr.

Chaque mot d'une voix si pure
Fait disparaître une souillure,
Et fait éclore un repentir !

TURQUÉTY (Hymnes Sacrées).

A LA TRÈS SAINTE VIERGE.

O ma Mère , je viens encore
Me réfugier près de vous ;
Je viens revoir vos yeux si doux,
Vos traits qui reflètent l'aurore.
Je vous parle et mes maux en sont presque oubliés.
O Mère ! ô laissez-moi vous peindre mon extase,
Et du fond de mon cœur comme du fond d'un vase,
Verser mon amour à vos pieds !

Je suis la plante moissonnée
Qui s'effeuillerait dans la mort
Si vos deux bras n'étaient un port
Où reverdit l'âme fanée.
Mais sitôt que je vois le rayon de vos yeux,
Le sourire qui part de vos lèvres divines,
Il me semble qu'un Ange arrache les épines
De la route qui mène aux cieux.

O ma Mère ! ô ma douce Mère !

Éclaircissez enfin ma nuit ;
Mon pauvre cœur s'use et languit
Dans sa tristesse solitaire.
Répandez vos parfums comme une vigne en fleurs,
Autour du chevet sombre où j'ai posé ma tête,
Où j'attends en pleurant la fin de la tempête
Et des crépuscules meilleurs.

Veillez sur moi tendre colombe,
Protectrice de l'arbrisseau,
Votre aile a cherché mon berceau
Et s'arrêtera sur ma tombe.
Veillez sur moi qu'entoure un précoce linceul,
Sur moi que le présent, l'avenir décourage,
Et qui n'ai plus d'espoir qu'au pied de votre image,
Quand je souffre et que je suis seul.

Je suis seul... Oh ! non, Vierge sainte,
Pardonne, il me reste avec toi,
Il me reste une Mère à moi,
Et son âme écoute ma plainte :
Cette mère chérie, elle est là qui m'entend,
Qui verse sur mon front ses plus douces prières
Et je me dis : Courage ! oh ! j'ai toujours deux mères,
L'une est ici, l'autre m'attend.

LE MÊME *(Poésie Catholique)*.

LES MERVEILLES DE LA CRÉATION.

Mon âme, bénis le Seigneur !
Seigneur, mon Dieu, quelle magnificence
Brille dans l'univers, riche de ta splendeur !
La majesté des cieux annonce ta puissance,
Les œuvres de tes mains proclament ta grandeur.
Dieu créateur, la gloire te couronne,
Ton éclat est toujours nouveau,
Et la lumière t'environne
Comme un large et brillant manteau.

Ta main étendit sur nos têtes
Comme un immense pavillon,
Ce firmament où les tempêtes
Promènent leur noir tourbillon.

Tu fais voler sur les nuages
Ton char tout rayonnant d'éclairs :
Tu guides les sombres orages
Dans l'espace agité des airs.
Tes Anges sont les vents, tes ministres la foudre.
Tu dis aux aquilons : Exécutez mes lois !
Et soudain au son de ta voix
Ils partent : le monde est en poudre.

Sur sa propre stabilité
Ton bras sut affermir la terre ;

Tu mesuras sa densité,
Et tu lui marquas sa carrière.
Aussi verra-t-elle couler
Des ans, des siècles innombrables,
Et rien ne fera chanceler
Ses fondements inébranlables.

L'abîme la couvrait comme un noir vêtement :
Sur la cîme des monts le limpide élément
    Élevait ses eaux bouillonnantes ;
Mais quand tu fis gronder le tonnerre bruyant
    De tes paroles menaçantes,
      Les vagues écumantes
S'enfuirent avec tremblement.

    Aussitôt les hautes montagnes
    Pyramidèrent sous tes pieds.
    Et tu déroulas les campagnes
    Comme un tableau majestueux.

    Les flots devant toi s'écoulèrent,
    Et dans cet immense bassin
    Que leur avait creusé ta main,
    En mugissant se rassemblèrent.

    Et tu leur dis : Votre fureur
    Respectera cette barrière !
    Tu dis, et jamais sur la terre
    Ils n'apporteront la terreur.

Tu fais jaillir la fontaine argentine
    Aux pieds des sublimes coteaux ;
    Dans les vallons les doux ruisseaux
    Versent leur onde cristalline.

    Ici, parmi des monts déserts,
    Roulant ses eaux majestueuses,
    Entre ses rives sinueuses,
    Le fleuve marche vers les mers.

Là, le bœuf, le taureau, par la chaleur brûlante,
    Viendront s'abreuver chaque jour :
L'onagre, consumé d'une soif dévorante,
    Attendra pour boire à son tour.

    Là, sur des pins au vert feuillage,
    Les oiseaux viennent se percher.
    Entendez-vous leur doux ramage !
    Ils chantent aux flancs du rocher.

    Les monts trempés par la rosée
    Qui distille du haut des cieux,
    Voient naître un parfum précieux
    Sur leur cîme fertilisée.

C'est toi, Seigneur, qui donnes le gazon
    Aux animaux pour nourriture.
L'homme pour son usage a toute la nature,
    Les plantes, les fruits, la moisson,

11

Il te doit l'olive riante,
Et le raisin délicieux,
Et le pain nourricier, et la pomme odorante,
Et le miel, doux présent des cieux.

Les arbres des forêts te doivent leur ombrage,
C'est de toi que le sol tient sa fécondité ;
Tu verses l'eau du ciel et donnes le feuillage
Au cèdre du Liban que ta main a planté.

Là viennent chercher un asile
Les solitaires passereaux ;
Ici, parmi d'épais roseaux
Le héron fait son domicile.

Les verts sommets de Sanir et d'Hermon
Des cerfs légers sont la retraite :
L'insecte est caché sous l'herbette,
Sous la pierre le hérisson.

La lune est dans les cieux sur son trône d'ivoire :
Pour régler les saisons tu lui dis de marcher ;
Et le soleil, sur son char de victoire,
Connaît le lieu de son coucher.

Ta main a déployé les ombres,
La nuit s'épand sur les monts attristés :
Voilà que, s'échappant de leurs cavernes sombres,
Les bêtes vont errer dans les champs désertés.

Sortant de leur retraite obscure,
Les jeunes lions frémissants,
Par d'horribles rugissements
Demandent à Dieu leur pâture.

Le soleil luit : les animaux
Rentrent au fond de leur tanière ;
L'homme, aussi prompt que la lumière,
Sort pour vaquer à ses travaux.

O Dieu ! que tes œuvres sont belles !
Tous tes ouvrages sont parfaits ;
La terre est pleine des bienfaits
Que sur elle ont versés tes bontés éternelles.

Cette mer qui s'étend au loin,
Et dont les bras environnent le monde,
Que d'animaux enfermés dans son sein !
Qui comptera les peuples de son onde?
Là nagent le reptile et le monstre marin ;
Là passent les vaisseaux sur la vague profonde.

Le terrible Léviathan,
Faible image de ta puissance,
Se joue avec son dos immense
Des abîmes de l'Océan.

Tous ces êtres, Seigneur, auteur de la nature,
Te doivent leur félicité ;

Et tous les jours, de ta bonté
Chacun d'eux attend la pâture.

Seigneur, du haut des cieux vois-les tous à tes pieds :
Ouvre la main de ta munificence,
Tourne sur eux les yeux de ta clémence,
Et de tes biens ils seront rassasiés.

Détournes-tu ton regard salutaire,
Les voilà tous aussitôt défaillants :
Ils tombent comme l'herbe au souffle des autans,
Et retournent dans leur poussière.

Mais si ton esprit créateur
Descend de la voûte étoilée
Sur la nature consolée,
Tout germe et reprend sa vigueur ;
Les champs se parent de splendeur,
Et la terre est renouvelée.

Que les œuvres de Dieu lui plaisent à jamais !
Que sa gloire soit éternelle !
Il regarde la terre et la terre chancelle :
Son doigt touche les monts : les monts sont embrasés.

Tant que le souffle de la vie
Animera les fibres de mon cœur,
Je chanterai la gloire du Seigneur,
Je chanterai sa grandeur infinie.

Puisse-t-il agréer mes chants !
Puissent mes cantiques lui plaire !
Qu'il soit toujours loué : que jamais sur la terre
　　L'œil n'aperçoive de méchants !

Que son nom béni d'âge en âge
Soit des mortels la joie et la douceur !
　　L'univers lui doit son hommage :
　　Mon âme, bénis le Seigneur !

Louis MONTLOUIS (Compositions de Brive).

LE MOIS D'AOUT.

O mes frères, voici le beau temps des vacances !
Le mois d'Août, appelé par dix mois d'espérances !
De bien loin votre aîné, je ne puis oublier
Août et ses jeux riants ; alors, pauvre écolier,
Je veux voir mon pays, notre petit domaine,
Et toujours le mois d'Août au logis me ramène.
Tant un cœur qui nourrit un regret insensé,
Un cœur tendre s'abuse et vit dans le passé !
Voici le beau mois d'Août, en courses, camarades !
La chasse le matin, et le soir les baignades ! —
Vraiment, pour une année, à peine nos parents
Nous ont-ils reconnus : vous, si forts et si grands,
Moi courbé, moi pensif. — O changements contraires

La jeunesse vous cherche, elle me fuit, mes frères ;
Gaîment vous dépensez vos jours sans les compter,
Économe du temps, je voudrais l'arrêter. —
Mais aux pierres du quai déjà la mer est haute :
Toi, mon plus jeune frère, allons, gagnons la côte ;
En chemin par les blés tu liras tes leçons,
Ou bien tu cueilleras des mûres aux buissons.
Hâtons-nous, le soleil nous brûle sur ces roches.
Ne sens-tu pas d'ici les vagues toutes proches ?
Et la mer, l'entends-tu ? Vois-tu tous ces pêcheurs ?
N'entends-tu pas les cris et les bras des nageurs ?
Ah ! rendez-moi la mer et les bruits du rivage,
C'est là que s'éveilla mon enfance sauvage ;
A ses flots orageux comme mon avenir
Se rattachent ma vie et tout mon souvenir !
La mer ! j'aime la mer mugissante et houleuse,
Ou, comme en un bassin une liqueur huileuse,
La mer calme et d'argent ! sur ses flancs écumeux
Quel plaisir de descendre et de bondir comme eux,
Ou, mollement bercé, retenant son haleine,
De céder comme une algue au flux qui vous entraîne !
Alors on ne voit plus que l'onde et que les cieux,
Les nuages dorés passant silencieux,
Et les oiseaux de mer, tous allongeant la tête,
Et jetant un cri sourd en signe de tempête...
O mer, dans ton repos, dans tes bruits, dans ton air,
Comme un amant, je t'aime et te salue, ô mer !

Assez, assez nager ! L'ombre vient, la mer tremble.
Contre les flots, mon frère, assez lutter ensemble !

Retrempés dans leur sel, assouplis et nerveux,
Partons ! le vent du soir séchera nos cheveux.

Quelle joie en rentrant, mais calme et sans délire,
Quand, debout sur la porte et tâchant de sourire,
Une mère inquiète est là qui vous attend,
Vous baise sur le front, et pour vous à l'instant
Presse les serviteurs ! quand le foyer pétille,
Et que nul n'est absent du repas de famille !
Monotone la veille, et vide, la maison
S'anime, un rayon d'or luit sur chaque cloison ;
Le couvert s'élargit ; comme des fruits d'automne,
D'enfants beaux et vermeils la table se couronne ;
Et puis mille babils, mille gais entretiens,
Un fou rire, et souvent de longs pleurs pour des riens,
Mais plus tard, lorsqu'on touche aux soirs gris de septembre,
En cercle réunis dans la plus grande chambre,
C'est alors qu'il est doux de veiller au foyer !
On roule près du feu la table de noyer,
On s'assied ; chacun prend son cahier, son volume ;
Grand silence ! on n'entend que le bruit de la plume,
Le feuillet qui se tourne, ou le châtaignier vert
Qui craque, et l'on se croit au milieu de l'hiver.
Les yeux sur ses enfants, et rêveuse, la mère
Sur leur sort à venir invente une chimère,
Songe à l'époux absent depuis la fin du jour,
Et prend garde que rien ne manque à son retour.
L'aïeule cependant sur sa chaise se penche,
Et devant le Seigneur courbe sa tête blanche.
Écoutez-la, mon Dieu, pour elle et pour nous tous !

Cette femme, ô mon Dieu, qui vous prie à genoux,
Ne la repoussez pas ! Soixante ans à la gêne,
Et toujours courageuse, elle a porté sa chaîne.
Une heure de repos avant le grand sommeil !
Avant le jour sans fin, quelques jours au soleil !

A. BRIZEUX (*Marie*).

SOUVENIRS D'ENFANCE.

Aux temps des empereurs, quand les dieux adultères,
Impuissants à garder leur culte et leurs mystères,
Pâlissaient, se taisaient sur l'autel ébranlé,
Devant le Dieu nouveau dont on avait parlé ;
En ces jours de ruine et d'immense anarchie,
Et d'espoir renaissant pour la terre affranchie,
Beaucoup d'esprits, honteux de croire et d'adorer,
Avides, inquiets, malades d'ignorer,
De tout lieu, de tout rang, avec ou sans richesse,
S'en allaient par le monde et cherchaient la sagesse.
A pied ou sur des chars brillants d'ivoire et d'or,
Ou sur une trirème embarquant leur trésor,
Ils erraient ; Antioche, Alexandrie, Athènes,
Tour à tour leur montraient ces lueurs incertaines
Qui, dès qu'un œil humain s'y livre et les poursuit,
Toujours, sans l'éclairer, éblouissent sa nuit.

Platon les guide en vain dans ces cavernes sombres;
En vain de Pythagore ils consultent les nombres :
La science les fuit; ils courent au-devant,
Esclaves de quiconque ou la donne ou la vend.
Du stoïcien menteur, du cynique en délire,
Dans leurs mains, chaque fois, le manteau se déchire.
Puis, par instants, lassés de leurs secrets tourments,
Exhalant en soupirs leurs désenchantements,
Au bord d'une fontaine, au pied du sycomore,
Des jours entiers, assis, leur ennui les dévore ;
Le dégoût les invite aux désirs malfaisants,
Et, pour dompter leur âme, ils soulèvent leurs sens.
Et bientôt les voilà, ces enfants du Portique,
Ces nobles orphelins de la sagesse antique,
Les voilà, ces amants du vrai, du bien, du beau,
Dormant dans la débauche ainsi qu'en un tombeau,
. . . .
. . . . . , ...
Rêvant après la vie un éternel sommeil;
Quelle honte demain en face du soleil!
Ainsi leur vie allait folle et désespérée.
Mais, un jour qu'en leur cœur la chasteté rentrée,
Plus humble, et rappelant les efforts commencés,
Les avait fait rougir des plaisirs insensés,
Qu'ils s'étaient repentis avec tristesse et larmes,
Résolus désormais de veiller sur leurs armes ;
Qu'à tout hasard au ciel leur âme avait crié,
— Crié vers toi, Seigneur ! — et qu'ils avaient prié;
Ce jour, ou quelque jour à celui-là semblable,
Quand le pauvre contrit, près des flots, sur le sable,

S'agitait à grands pas, ou, tâchant d'oublier,
Comptait dans un jardin les feuilles d'un figuier,
Tout à coup une voix, on ne sait d'où venue,
Que la vague apportait ou que jetait la nue,
Lui disait : « Prends et lis. » Et le livre entr'ouvert
Était là, comme on voit la colombe au désert ;
— Ou c'était un buisson qui prenait la parole ;
— Ou c'était un vieillard avec une auréole,
Qui d'un mot apaisait ces cœurs irrésolus,
Et qui disparaissait, et qu'on n'oubliait plus.

Et moi, comme eux, Seigneur, je m'écrie et t'implore ;
Et nul signe d'en haut ne me répond encore ;
Comme eux, j'erre incertain, en proie aux sens fougueux,
Cherchant la vérité, mais plus coupable qu'eux ;
Car je l'avais, Seigneur, cette vérité sainte :
Nourri de ta parole, élevé dans l'enceinte
Où croissent sous ton œil tes enfants rassemblés,
Mes plus jeunes désirs furent par toi réglés ;
Ton souffle de mon cœur purifia l'argile,
Tu le mis sur l'autel comme un vase fragile,
Et, les grands jours, au bruit des concerts frémissants,
Tu l'emplissais de fleurs, de parfums et d'encens.
Tu m'aimais entre tous ; et ces dons qu'on désire,
Ce pouvoir inconnu qu'on accorde à la lyre,
Cet art mystérieux de charmer par la voix,
Si l'on dit que je l'ai, Seigneur, je te le dois.
Tu m'avais animé pour chanter tes merveilles,
Comme le rossignol qui chante quand tu veilles.

Qu'ai-je fait de tes dons? — J'ai blasphémé, j'ai fui ;
Au camp du Philistin la lampe sainte a lui :
L'orgue impie a chassé l'air divin qui l'inspire,
Et le pavé du Temple a parlé pour maudire.
Grâce ! j'ai trop péché : tout fier de ma raison,
Plus ivre qu'un esclave échappé de prison,
J'ai rougi, j'ai menti des tiens et de toi-même,
Et de moi ; j'ai juré que j'étais sans baptême ;
J'ai tenté bien des cœurs à de mauvais combats ;
Lorsque passait un mort je ne m'inclinais pas.

Tu m'as puni, Seigneur : — Un jour qu'à l'ordinaire
Sans pudeur outrageant ta harpe et ton tonnerre,
Comme un enfant moqueur sur l'abime emporté,
Je roulais glorieux dans mon impiété,
Ta colère s'émut, et, soufflant sans orage,
Enleva mon orgueil ainsi qu'un vain nuage ;
La glace où je glissais rompit sous mon traîneau,
Et le roc sous ma main se fondit comme une eau.
Depuis ce temps, déchu, noirci de fange immonde,
Sans ciel et sans soleil, égaré dans le monde,
Quand parfois trop d'ennui me possède, je cours
Comme les chiens errants qu'on voit aux carrefours.
Je ne respire plus l'air frais des eaux limpides ;
Tous mes sens révoltés m'entraînent, plus rapides
Que le poulain fumant qui s'effraye et bondit,
Ou la mule sans frein d'un Absalon maudit.

Oh ! si c'était là tout, on pourrait vivre encore
Et jouir du sommeil d'un être qui s'ignore ;

On pourrait s'étourdir; mais aux pires instants,
L'immortelle pensée, en sillons éclatants,
Comme un feu des marais, jaillit de cette fange,
Et, remplissant nos yeux, nous éclaire et se venge.
Alors, comme en dormant on rêve quelquefois
Qu'on est dans une plaine aride, ou dans un bois,
Ou sur un mont désert, et l'on s'entend poursuivre
Par des brigands armés; et, plein d'amour de vivre,
De sentiers en sentiers, de sommets en sommets,
L'on va, l'on va toujours sans avancer jamais :
De même, en ces moments d'angoisse et de détresse,
Par mille affreux efforts notre âme se redresse
Pour remonter à Dieu; mais son espoir est vain !
— Et pourtant, ce n'est pas, Maître bon et divin,
Sur des vaisseaux, des chars à la course roulante,
Ce n'est pas en marchant plus rapide et plus lente,
Que l'âme en peine arrive au ciel avant le soir;
Pour arriver à toi c'est assez de vouloir.
Je voudrais bien, Seigneur, je veux, pourquoi ne puis-je?
Je m'y perds, soutiens-moi; mets fin à ce prodige,
Sauve à mon repentir un doute insidieux,
O très grand, ô très bon, miséricordieux !
C'est sans doute qu'en moi la coupable nature
Aime en secret son mal, chérit sa pourriture,
Espère réveiller le vieil homme endormi,
Et, qu'en croyant vouloir, je ne veux qu'à demi.
Non, tout entier, je veux; — sur mon âme apaisée,
Verse d'en haut, Seigneur, ta manne et ta rosée,
Couvre-moi de ton œil, tends-moi la main, et rends
Le silence et le calme à mes sens murmurants,

Repétris sous tes doigts mon argile odorante ;
Que, douce comme un chant au lit d'une mourante,
Ma voix redise encor ton nom durant les nuits ;
Ainsi de moi bientôt fuiront tous les ennuis ;
Ainsi, comme autrefois, la prière et l'étude
De leurs rameaux unis clôront ma solitude :
Ainsi, grave et pieux, loin, bien loin des humains,
Je cacherai ma vie en de secrets chemins,
Sous un bois, près des eaux ; et là, dans ma pensée
Regardant par-delà mon ivresse insensée,
Je reverrai les ans chers à mon souvenir,
Comme un tableau souillé qu'on vient de rajeunir.

SAINTE-BEUVE *(Les Consolations)*.

UNE COURSE NOCTURNE.

I.

« Le vent siffle dans les grands bois :
La foudre gronde au loin, l'air est lourd, la nuit sombre ;
Comme un serpent de feu l'éclair sillonne l'ombre....
      Oui, mais Jérôme est aux abois.
Il demande, a-t-on dit, que j'aille à sa chaumière ;
Ah ! si j'étais encor dans ma force première
Je n'hésiterais pas... Mais un si long chemin !
Et puis si vieux ! si faible !... Oh ! non, ayons courage,
Jérôme est mal ; je puis, je dois braver l'orage,
Et qui sait si la mort attendrait à demain ? »

Et dans le temple solitaire ,
Le vieillard montait à pas lents :
Les longs feux de l'éclair subits, étincelants
Semblaient en doubler le mystère,
Et le vent qui battait dans les vitraux du chœur,
Et le bruit de la foudre, excitaient dans son cœur
Une terreur involontaire.
Mais déjà de l'autel franchissant les degrés,
Sa main plonge en tremblant sous les voiles sacrés
Où repose celui dont le ciel s'illumine,
Celui que le tonnerre à voix basse nommait,
Dont le pied des grands monts fait fléchir le sommet,
Et qu'un pauvre, ce soir, attend dans sa chaumine.
Puis recueilli, hâtant le pas,
Il redescend la nef en répétant tout bas
Des mots que le pavé renvoyait aux murailles ;
Voyez, il est plus fort, il ne chancelle plus,
La frayeur qui tenait tous ses membres perclus
Ne gronde plus dans ses entrailles.

Et bientôt le voilà dépassant les hameaux.
Il n'a souci du vent fracassant les rameaux
Ni du tonnerre qui murmure ;
C'est qu'il a devant lui comme une épaisse armure,
C'est qu'en un autre monde il se sent transporté.
Le ciel luit, le sol tremble, et sublime emporté,
Le vent courbe, en criant, les cîmes ;
Le ruisseau mugit en torrent ;
Et le vieillard chemine, en son cœur adorant
Le Dieu des vents et des abîmes.

Des murs du presbytère on les suivait des yeux.
La lampe qui guidait leurs pas silencieux,
Comme un astre mobile erre, monte, s'incline,
Et puis s'ensevelit dans le rapide éclair ;
Et parfois on entend la clochette au son clair
      Qui retentit dans la colline.

II.

    « Holà ! qui frappe ? — Ouvrez, c'est moi,
      Dit le Prêtre tout en émoi ;
      Sans nous il ne faut pas qu'on meure. »
On ouvre : « Que la paix soit en cette demeure,
      Et que Jésus soit avec vous.
— Amen, a murmuré l'assistance à genoux.
— C'est moi, dit le bon Prêtre approchant de la couche
Où gisait le malade, amaigri, haletant ;
Il fait gros temps, Jérôme, et me voici pourtant,
      Si fort votre intérêt me touche. »

L'agonisant soulève un œil terne et hagard,
      Et semble chercher du regard
Celui qui fut longtemps son guide et sa lumière ;
      Mais sa paupière se rabat,
Et sa main convulsive, errant sur le grabat,
Voudrait serrer la main qui bénit sa chaumière.
« C'est moi, dit le vieillard penché sur le chevet,
Je viens pour vous gronder, Jérôme ; qui savait
Qu'avant nous vous vouliez achever votre rôle ?
Ensemble nous avions commencé le chemin,

Nous devions le quitter en nous prenant la main :
Jérôme, c'est bien mal, vous manquez de parole. »
Un sourire pénible essaya de courir
     Sur la lèvre sèche et brûlante
Du faible agonisant, et sa voix creuse et lente
Murmura : « Dieu le veut ! je consens à mourir. »
— C'est bien, mon vieil ami, que Dieu vous soit en aide !
Mais contre les langueurs dont la mort nous obsède
     Nous avons besoin d'un soutien,
Et moi je vous apporte, ami, le grand remède,
     Le Viatique du chrétien.
Jérôme, entendez-moi : voulez-vous à cette heure
Faire au Seigneur Jésus place dans votre cœur ?
Il pourrait seul calmer, l'aimable et doux vainqueur,
     Votre agonie intérieure. »
— C'est mon vœu le plus cher, répond en soupirant
     La voix plus voilée et plus sourde ;
Hâtez-vous, je le sens, ma paupière est plus lourde,
     Et mes maux vont en empirant. »

Et la foule à l'écart va se mettre en prière
Pour laisser le mourant face à face avec Dieu,
Faire les saints aveux qui précèdent l'adieu
Et secouer la poudre au bout de la carrière.
O moment solennel ! — Déjà moins furibond
L'orage s'éloignait ; on n'entend à la ronde
Que le murmure sourd du vent plus vagabond,
Le bruit rare et lointain de la foudre qui gronde
     Et les râles du moribond.

C'est fait : la double lampe aussitôt allumée
Emplit d'un doux éclat la chaumière enfumée,
Et le Prêtre, à la main tenant le saint Agneau,
    Offre au ciel le dernier anneau
De cette vie obscure et pour Dieu consumée.
La foule l'écoutait dans le recueillement,
    Et la chaumière en ce moment
D'une céleste odeur semblait tout embaumée.
Alors vous eussiez vu sur ce front soucieux
L'esprit de Dieu passer comme un éclair rapide,
Et l'œil du moribond plus ferme et plus limpide
    Se fixer du côté des cieux.

    Oh ! que la fin du juste est belle,
Quand la grâce, domptant la nature rebelle,
Brûle au feu de l'amour le vieil homme resté,
Et que la mort déploie, autour, sa Majesté !
Et ce spectacle est là, dans une humble chaumière.
Le mourant, assoupi dans l'angoisse dernière,
Sent sa vie emportée au souffle de son Dieu.
Sa langue a murmuré comme un dernier adieu,
Puis son œil lentement se ferme à la lumière.
On s'approche : il semblait doucement endormi,
Car la mort pour le juste est un sommeil paisible ;
Et le Prêtre, étouffant une douleur visible,
    Fixa longtemps son vieil ami.

III.

On a dit qu'épuisé par la course nocturne,

Comme un arbre tombant au dernier coup des vents,
Le vieux Prêtre, en rentrant au milieu des vivants,
    Fut dès-lors sombre et taciturne.
La tristesse semblait appesantir ses yeux,
Sa parole était brève et son front soucieux....
Puis le regret minant les restes de sa vie,
Il fut, cinq jours après, et c'était son envie,
    Revoir Jérôme dans les cieux.

L'Abbé Devoille *(Chants de l'Exil)*.

JÉRUSALEM.

    Jérusalem! ô nom magique!
Si sonore, si doux, si grave, si riant;
Fleur belle entre les fleurs de l'antique Orient,
Mais glacée aujourd'hui d'un sommeil léthargique!
Ciel au si bel azur, contrée au si beau jour,
Quel cœur, en te nommant, n'a palpité d'amour!
    Que de fois, dans mes jeunes veilles,
Au-dessus de tes tours j'ai plané dans les airs,
Visité tes palais, ton Temple, tes déserts,
    Théâtres de tant de merveilles!
Tes noms à ma jeune âme ont souri les premiers;
    J'aimais, assis sous tes palmiers,
Contempler le cédron dévorant ses rivages,
Tes murs illuminés des feux de l'Orient,

Et ton dôme orgueilleux de loin se mariant
    Aux crêtes de tes monts sauvages.

    Jérusalem ! noble cité,
Devant toi tout s'efface au sein du monde antique ;
    Ton nom vibre comme un cantique ;
Ton nom, c'est le plus beau qu'une langue ait cité.
    Salut de loin, ma bien-aimée,
Rose d'Eden, beau lys, reine aux riches atours ;
Tu fus mon premier rêve et mes premiers amours ;
Oh ! mon cœur bat encor dès que je t'ai nommée.

    Eh ! qui donc jamais l'égala ?
Voyez comme elle est belle, alors qu'elle s'étale
    Dans sa richesse orientale,
Et que son beau soleil lui vient de Galgala !
Ses murs sont de porphyre et ses tours d'émeraude,
Ses plus vils carrefours sont pavés de saphir,
    Et l'on peut voir tout l'or d'Ophir
    Dans les vêtements qu'on lui brode.
    Son nard est plus pur que celui
Qu'on respire à Damas, à Memphis, à Palmyre ;
Elle y joint l'aloës, le cinname, la myrrhe,
Et puis, son Temple immense où l'Orient s'admire
    N'a que le ciel plus haut que lui.

    Voyez comme elle est bien la reine
De toutes ces cités qui sont reines aussi ;
Et les reines, ses sœurs, semblent prendre souci
De parer de leurs mains son front de souveraine.

Memphis lui garde ses chevaux,
Thèbes ses chars, Damas ses plus riches travaux,
Saba ses doux parfums, Tyr ses vives teintures,
Tharsis son blanc ivoire et Suse ses tentures,
Sidon ses cèdres sans rivaux.

Mais c'est qu'en sagesse elle excelle,
Qu'une haute raison de sa bouche ruisselle,
Et se répand partout en oracles vivants ;
Mille peuples vantés lui portent leurs hommages,
La Perse devant elle a fait taire ses mages,
Et Babylone ses savants.

Salut de loin, ma bien-aimée,
Oh ! mon cœur bat encor dès que je t'ai nommée ;
Rose d'Eden, beau lys, reine aux riches atours,
Tu fus mon premier rêve et mes premiers amours.

Mais, ô catastrophe inouïe !
Comment tant de splendeur s'est-elle évanouie ?
La reine des cités, assise aux grands chemins,
Implore le passant qui de ses maux se joue ;
La pâleur de la mort a défloré sa joue,
Et la fange a souillé ses mains !
A sa grandeur passée, hélas ! qui pourrait croire !
Comme un cintre de plomb son ciel s'est arrondi ;
L'éclair luit, le sol tremble et la foudre a bondi....
Malheur ! son châtiment dépassera sa gloire !

. . . .

. . . .

Un crime, un seul crime a tout fait...
Quel crime?-Oh!roulons-nous sous le sac et la cendre...
Le Ciel ne peut venger, ni la terre comprendre
    L'énormité de ce forfait.

Et voilà jusqu'où va l'orgueil de son délire !
Oh ! fi de la sagesse ! elle est un don cruel
Puisqu'elle peut plonger dans l'abîme éternel
Une cité que Dieu se fit gloire d'élire.
Venez voir maintenant la vierge de Sion,
Etendue au désert, livide, désossée,
Toute la terre, autour, semble s'être exhaussée
Pour secouer son poids de malédiction.
Ce soleil d'Orient, autrefois si fier d'elle,
N'est plus qu'un globe roux qui mine jusqu'aux os ;
Dans le fond de ses puits il a tari ses eaux ;
Ses champs sont sans verdure et ses lacs sans roseaux...
Tout est mort et ruine autour de l'infidèle.

    O mont sacré de Moria !
Tour de David plantée au centre de la terre,
Où les vents caressaient l'étendard solitaire
    Que Dieu lui-même armoria ;
Palais, places, remparts, Temple au si riche dôme,
L'œil vous cherche, et ne voit que de tristes débris,
    De reptiles impurs abris,
Et le silence affreux de Gomorrhe et Sodome !
    Mais non, mais non, c'est pis encor :
Vous enviez le lac où s'engouffra Ségor ;
Car le pied des tyrans vous foule et vous ravale,

L'Arabe mécréant fait bondir sa cavale
Sur vos champs, par le Ciel tant de fois visités ;
Celle qu'on venait voir des deux bouts de la terre,
Tristement inclinée au joug du cimeterre,
   Reste l'opprobre des cités.

   Mais moi je veux l'aimer encore,
Mon cœur battra toujours en prononçant son nom :
Sainte Jérusalem ! moi te maudire ? Oh ! non ;
Ton infortune même à mes yeux te décore.
  Que de fois, franchissant les mers,
J'ai volé jusqu'à toi dans mes nuits effrénées,
Enlacé tes débris de mes mains décharnées,
Mouillé, pétri ta cendre avec mes pleurs amers !
Les hymnes qu'exhalait le Prophète en délire
Revenaient, lents et sourds, murmurer sur ma lyre,
Et rouvraient dans mes yeux deux fontaines de pleurs ;
Oh ! quand, d'effroi, les rocs autour ont dû se fendre,
De tristesse et d'horreur qui pourrait se défendre
   Devant tes immenses douleurs !

Et je disais : que sont vos mesquines souffrances,
Mortels, qui fatiguez la terre de vos cris ?
Ah ! si vous voulez voir des maux sans espérances
   Asseyez-vous sur ces débris !
   La poudre que vos pieds dispersent,
Ces rochers calcinés dont les sommités percent
Comme des os épars ; ces arbres amaigris,
  Ces masses grisâtres de pierres,
Ce terrain crevassé qui brûle vos paupières,

Ces montagnes sans ombre et ces rocs délités,
Tout ce désert enfin dont l'aspect choque et navre,
Mortels, le croirez-vous? Eh bien! c'est le cadavre
    De la plus belle des cités !

Et moi je l'aime encor, toujours je la vénère,
Et je la trouve belle en ses habits de deuil ;
    Aigle atteint d'un coup de tonnerre,
    Elle trouve, en quittant son aire,
    Tout son royaume pour cercueil
    Et vingt cités pour hécatombe.
    Oh ! j'aime ce désert autour ;
C'est bien ; quand une reine aussi puissante tombe,
    Nul ne doit toucher à sa tombe,
    Hors le lézard et le vautour.
Elle est morte à jamais.... Dieu l'a dit, c'est justice,
Son crime et son bonheur devaient être expiés ;
    Mais qu'on n'y pose plus les piés,
Qu'aucune voix mortelle ici ne retentisse ;
    Car, être grande ou n'être pas,
Ce fut là le destin de la reine endormie ;
    On peut conserver sa momie,
    Mais non l'arracher au trépas.

    Encor sa tombe est glorieuse ;
Dors, ô Jérusalem, dors, ma belle cité,
    D'un Dieu mort et ressuscité
Je vois planer sur toi l'ombre mystérieuse.
Mêle ta voix plaintive aux douleurs de Rama ;
    Oui, mais tressaille en ta poussière,

De ton sort tu peux être fière ;
Si ce Dieu t'a maudite, avant tout il t'aima ;
C'est à toi qu'il légua ses traces,
Ta race fut choisie entre toutes les races,
Chaque fois que le Ciel manifesta sa loi ;
Dors, ô Jérusalem ! Jusqu'à la fin des âges
Les dévots, les savants, les poëtes, les sages,
Auront les yeux fixés sur toi.

Le Même (Lieu cité).

SAINT PAUL.

Parmi ces âmes égarées
Qui doivent s'épurer un jour,
Et qui seront les préférées
Aux yeux de la céleste cour,
Il en est qu'un flot de poussière,
Comme un morne et sombre suaire,
Prive longtemps de tout flambeau ;
Il en est qui, pour se résoudre,
Ont besoin qu'un éclat de foudre
Les sillonne dans leur tombeau.

Ainsi de Saul, la foi chrétienne
N'a pas d'ennemi plus puissant ;
Encor souillé du sang d'Étienne

Il a déjà soif d'autre sang !
« Courons, dit-il, Damas m'appelle ;
C'est là que la secte nouvelle
A des adorateurs nombreux :
Je veux, si le sort me protége,
Les exterminer tous, dussé-je
M'engloutir moi-même avec eux ! »

Et plus pressé que la rafale
Dans les plus orageux climats,
Il précipitait sa cavale
Le long du chemin de Damas.
Toujours ardent, toujours rebelle,
La haine lui prêtait son aile,
Il s'élançait comme la nuit ;
Et la populace, à voix basse,
Murmurait : « Voilà Saul qui passe,
Le grand persécuteur du Christ ! »

Or un éclair perce la nue,
La foudre luit sur le chemin :
Saul, qui s'effraie à cette vue,
Saul foudroyé tombe soudain.
Une voix s'adresse à la sienne :
« O Saul, d'où te vient tant de haine ? »
Et lui : « Qu'êtes-vous donc, Seigneur ?
— Je suis le Dieu que l'on blasphème,
Je suis Jésus, celui-là même
Que tu poursuis avec fureur. »

Le superbe, le téméraire
S'agenouille en tendant les bras :
« Seigneur, Seigneur, que faut-il faire ?
— Entre à Damas, et tu sauras. »
Il hésite un instant, il pleure,
Cet homme si fier tout à l'heure
Ose à peine quitter le sol.
Il se lève enfin, mais tout autre,
Le blasphémateur est Apôtre,
Saul est déjà devenu Paul.

Il renaît chrétien ! il se lève,
Car il croit sentir tour à tour
Je ne sais quelle ardente sève
De foi, d'espérance et d'amour.
Il veut rouvrir son œil débile,
Mais la prunelle est immobile,
Et fermée au monde mortel.
Pur symbole, puissant mystère !
L'œil du corps ne voit plus la terre
Quand l'œil de l'âme voit le Ciel !

On s'empresse de le conduire
Jusqu'à Damas suivant son vœu.
Il reste trois jours sans rien dire,
Rempli des visions de Dieu.
Éclairé d'un reflet suprême,
Il courbe sous l'eau du baptême
Son front si rebelle autrefois ;

Puis le cœur plein de saintes flammes,
Il part pour conquérir les âmes
Avec le glaive de sa voix.

Il va de contrée en contrée,
Il va priant et bénissant ;
Jérusalem et Césarée
Le reçoivent en frémissant :
Il traverse Ephèse incertaine,
Il ose interpeller Athène
Au nom du Dieu crucifié ;
Il va surmontant chaque obstacle,
Ses jours ne sont qu'un long miracle,
Un miracle multiplié.

Ce n'est pas tout : le Dieu qu'il nomme
Doit affronter d'autres regards ;
Il faut que Paul aille dans Rome
Prêcher jusqu'au pied des Césars.
Il s'y montre enfin : sa parole
Brûlante, impétueuse, vole
Comme l'aquilon sur les mers.
La foule l'écoute avec fièvre ;
Le seul mouvement de sa lèvre
Fait trembler tous les Jupiters.

Il poursuit et rien ne l'arrête,
Il passe entouré de rayons,
Il passe, il étend sa conquête

Jusqu'aux lointaines nations.
Puis quand l'œuvre est presque achevée,
Devant la plèbe soulevée,
Il meurt pour affermir la loi ;
Il meurt, et dans Rome qui doute,
Il sème son sang goutte à goutte
Comme un dernier germe de foi.

O saint Martyr ! du haut des astres
Où vous planez en immortel,
Daignez prévenir les désastres
Qui menacent encor l'autel !
Implorez le Dieu tutélaire
Pour que sa foudre nous éclaire,
O vous qu'elle éclaira jadis ;
Saint Martyr, sublime Prophète,
Priez pour que Dieu nous admette
Dans les gloires du Paradis !

Turquéty (Hymnes Sacrées).

LE MARTYRE DE SAINTE AGNÈS.

Romains, pourquoi ces pleurs, pourquoi cette tristesse
Et ces profonds gémissements ?
Hier encore vos cœurs s'enivraient d'allégresse
A l'aspect des tourments :

L'effusion du sang avait pour vous des charmes,
Les scènes de la mort vous faisaient applaudir ;
    D'où vient qu'aux transports du plaisir
      Ont succédé les larmes ?
  Et toi, des Dieux le terrible vengeur,
Dont le bras chaque jour est lassé de carnage,
Fier bourreau des chrétiens, pourquoi sur ton visage
    L'empreinte de la douleur?

    Une vierge dans son enfance,
Un ange, que le ciel au monde veut ravir,
  Riche en beauté, plus riche en innocence,
    A son aurore va périr !

Presqu'en naissant délaissée, orpheline,
  Le Seigneur l'a prise en ses bras :
Treize printemps de leur grâce divine
  Ont orné ses jeunes appas.

    Son cœur pur et sans artifice
S'embellissant dans le sein de la paix,
Vase d'élection, ne ressentit jamais,
  Le souffle empoisonné du vice.

Agnès, tel est son nom, croissait en sûreté,
Et la tour de David protégeait sa jeunesse ;
    Sur son front brillaient la sagesse
    Et le lys de la pureté.

Lorsque de ses attraits éprouvant la puissance,
Le fils d'un grand de Rome a demandé sa main.
Vainement pour atteindre à cet heureux hymen ;
   Il fait briller une fortune immense,
Vainement pour la vaincre, il fait luire à ses yeux
Son crédit, ses trésors et son rang glorieux,
Agnès reste insensible : un époux plus aimable,
Plus aimant et plus riche a captivé son cœur ;
A posséder Jésus elle met son bonheur :
Le monde à ses regards n'a qu'un charme exécrable.

    Voyant repousser son désir,
Le prince frémissant de dépit et de haine,
Dénonce au gouverneur Agnès comme chrétienne.
   Les lois s'apprêtent à sévir :
     La vierge magnanime
Devant les tribunaux a confessé son crime,
   C'en est fait ! elle va périr.

    En vain de Dieu la main puissante
Contre l'effronterie a sauvé sa pudeur ;
En vain même le trait de la foudre brûlante
    A frappé le profanateur.

   Il est des cœurs pour qui la voix céleste
N'a pour se faire ouïr que des sons impuissants ;
   Des passions le langage funeste
    Seul y fait gronder ses accents.

Dieu ! tu laisseras donc cette beauté divine,
    Des chrétiens le charme et l'amour,
Comme un tendre arbrisseau coupé dans sa racine,
    Succomber sans retour.

    Mais les pleurs coulent en silence,
Le peuple a suspendu le cri de sa douleur :
Levant au ciel ses yeux où brille l'espérance,
    La vierge chante son bonheur :
« O toi, dont l'univers nous atteste la gloire,
    Dieu trois fois saint, immuable, infini,
Toi, de tes serviteurs la force et la victoire,
    Que ton nom soit béni !
Qu'il soit craint dans les cieux et par toute la terre !
Que ta religion, comme l'astre du jour,
Du levant au couchant répande sa lumière
    Avec le feu de ton amour !

» Qui suis-je, ô Dieu, ma joie et mon attente,
    Pour mériter de confesser ton nom ?
    Qu'a fait pour toi ton indigne servante
Pour daigner l'appeler dans ta sainte Sion ?

    » En toi je remets ma confiance,
    Seigneur, je combats pour ta foi :
Donne-moi la vertu, donne-moi la constance,
    Je ne peux rien sans toi.....

» Mais j'ai reçu le pain de vie.

C'est lui qui me soutient : qui pourra m'ébranler ?
　　Et qui me fera chanceler,
　　Quand mon époux me fortifie ?
Non, quand autour de moi mille épais bataillons
　　Présenteraient leurs lances enflammées,
Que craindrais-je ? pour moi j'ai le Dieu des armées ;
N'a-t-il pas dispersé les dieux des nations ?

　　» O mon âme, voici ta gloire !
　　Vole au combat pour le Seigneur ;
　　C'est lui qui fera ta victoire,
　　C'est lui qui sera ton bonheur.

　　» L'athlète avec ardeur vole dans la carrière ;
La joie est dans ses yeux ; le ceste est en ses mains :
　　Il veut, aux yeux de ses concitoyens,
　　Illustrer sa valeur guerrière.

　　» Rien ne peut enchaîner ses pas ;
Son cœur est enflammé : voyez-le dans l'arène,
Il court, combat sans cesse, et ne se lasse pas,
　　Il brave même le trépas :
Pour moissonner la gloire il se met hors d'haleine.

　　» Mais quelle erreur ! il la verra s'enfuir
　　Après une clarté légère ;
　　Et comme une fleur passagère,
Il verra par le temps ses lauriers se flétrir !...

» Et moi, quand déjà sur ma tête,
La couronne des Saints luit dans le firmament,
Je n'oserais en faire la conquête
Par des souffrances d'un moment?

» O mon âme, voici ta gloire !
Vole au combat pour le Seigneur ;
C'est lui qui fera ta victoire,
C'est lui qui sera ton bonheur.

» Que sont les plaisirs de la vie,
Les richesses et les honneurs,
Auprès des immenses grandeurs
De la cité de Dieu, ma future patrie?

» Ici-bas tout est vain : sous la tranchante faux
La mort engloutit tout dans la nuit éternelle :
Sous ses coups redoublés, tout tombe ou tout chancelle,
La terre n'offre que tombeaux.

» La vie est une ombre légère :
Le temps inaperçu fuit à pas de géant ;
Et plutôt mourant que vivant
L'homme est poussé toujours vers son heure dernière.

» Délivrés de ces vanités,
Quand pourrons-nous te voir, ô lumière éternelle !
Beauté toujours nouvelle ?

13

Quand nous enivreront tes chastes voluptés?
Dans cet exil, toujours, serai-je languissante?
Ne te verrai-je point, cité resplendissante,
    Ineffable séjour?
N'entendrai-je jamais sous tes brillants portiques,
L'alleluia sans fin, les ravissants cantiques,
    De l'éternel amour?
Non, bandeau nuptial, non, délices grossières,
Non, richesses, grandeurs, dignités mensongères,
    Vous n'allumez point mes désirs ;
De mon céleste époux la pleine jouissance,
Ses charmes, sa tendresse et sa magnificence,
    Voilà l'objet de mes soupirs.

    » O mon âme, voici ta gloire!
    Vole au combat pour le Seigneur ;
    C'est lui qui fera ta victoire,
    C'est lui qui sera ton bonheur.

» Quel Dieu peut à mon Dieu s'égaler en puissance?
N'est-il pas le Seigneur, le Dieu de tous les Dieux?
    Qui, comme lui dans la balance,
    A pesé les globes des cieux,
Dans les champs éthérés répandu la lumière,
    Suspendu la masse des airs,
    Tracé les limites des mers,
    Sur l'abîme affermi la terre?

    » Il pourrait, ce Dieu tout-puissant,
    Comme un verre briser le monde,

Et dans l'immensité profonde,
Par un seul mot rétablir le néant.

» Mais non ; il est tout bon, et sa parole est stable :
Son vrai nom est le *Dieu de paix*.
Il nous comble de ses bienfaits ;
Voyez, et comprenez si son joug est aimable :
Il nous invite à son banquet d'amour,
Il devient notre nourriture :
Si notre âme à ses yeux est pure,
Il chérit cet humble séjour.

» Pour nous arracher de l'abîme
Ce Dieu saint a voulu mourir !
De nos péchés il s'est rendu victime.....
Et nous, pour lui nous craindrions de souffrir !

» O mon âme, voici ta gloire !
Vole au combat pour le Seigneur ;
C'est lui qui fera ta victoire,
C'est lui qui sera ton bonheur.

» Adieu, possessions, plaisirs, beauté, jeunesse !
Adieu, funestes voluptés !
Un fiel toujours amer se mêle à votre ivresse,
Adieu, grossières vanités !

» Assez long-temps j'ai pleuré sur la rive
Des fleuves Babyloniens ;

N'est-il pas temps que mon âme captive
   Brise enfin ses liens ?

  » Mon Dieu, viens me donner des ailes,
  Pour gagner la voûte des cieux ;
  Ouvrez-vous, portes éternelles,
  Montrez-vous, palais radieux.

  » O mon âme, voici ta gloire !
  Vole, vole au sein du Seigneur ;
  C'est lui qui fera ta victoire,
  C'est lui qui sera ton bonheur. »

Ainsi chantait Agnès, et d'une clarté pure
   Tout son visage rayonnait :
Sur son sein virginal tombait sa chevelure ;
   L'auréole des Saints déjà la couronnait.

Le peuple cependant a retrouvé des larmes :
   L'intérêt touchant du malheur,
La voix de cet enfant, son courage, ses charmes,
Dans tous les cœurs émus réveillent la douleur.

  Le bourreau voit que sa victime
  Est près d'échapper à ses coups ;
  Il s'avance, plein de courroux,
  Brandissant le glaive du crime.

« Ah ! viens, dit Agnès, viens ! Que ton aspect m'est doux !
Que j'aime à voir en toi cet œil dur et sauvage,

Et ce front où se peint la rage.
Viens, hâte mon bonheur ! ah ! n'en sois pas jaloux !
Brise donc, brise cette argile :
Mon âme est prête à s'envoler ;
J'entends mon Epoux m'appeler
Dans l'immuable et saint asile. »

Elle dit ; sous le fer son sang coule à longs flots ;
Un cri d'horreur s'entend ! Déjà loin de la terre
Elle a trouvé l'oubli des maux,
Et nage au sein de la lumière.

Louis MONTLOUIS *(Compositions de Brive).*

SAINTE CATHERINE,

PATRONNE DES JEUNES FILLES.

Ecolières gentilles,
Dont la grâce fleurit à l'ombre des couvents,
Pour les chastes quadrilles,
Jetez la robe brune et les livres savants ;
Car, du haut de ce trône,
Qu'au travers du martyre elle a conquis jadis,
Votre douce patronne
Vous obtient, pour sa fête, un jour de Paradis !

Mais, dans ce jour riant de vacance lutine,
Ayez mémoire encor de sainte Catherine ;
Et dites-vous : « Plutôt qu'au péché, qu'au remord,
Nous aussi, nous irions, sans trembler, à la mort. »

Or, des chrétiens captifs sur la côte africaine,
Qui labouraient le sol sous les fouets sarasins,
Heurtèrent dans le sable une tombe romaine.
Ce qu'elle contenait, leurs dix bras, à grand'peine,
L'allèrent déposer sous trois palmiers voisins.

Et de la mort l'un d'eux ayant ouvert les langes :
« Gardons que ce dépôt, dit-il, ne soit trahi ! »
Et tous cachaient le corps — lorsqu'une troupe d'Anges
Descendit, de la Sainte entonnant les louanges,
Et l'emporta bien loin vers le mont Sinaï.

Là, s'élevaient les murs d'un bien vieux monastère ;
Là, les oiseaux divins s'abattirent, le soir.
L'Evêque reçut d'eux ce beau corps — que la terre
Respecta cinq cents ans — et, dans un saint mystère,
Le parfuma trois fois au feu de l'encensoir.

Puis, il baisa le bout des ailes angéliques,
Qui balayaient le marbre en glissant sous la nef.
Puis, la cloche éveilla les frères catholiques,
Qui tous, de Catherine adorant les reliques,
Répondirent *Amen* aux oraisons du chef :

« Sainte Catherine, la vierge,
Qui résistâtes seule au second Maximin,
Reléguant dans sa pourpre un empereur romain,
Afin de mourir pure et chaste sous la serge ;
    Tendez-nous du ciel votre main.

» Sainte Catherine, savante,
Qui, dans Alexandrie, et du sang de ses rois,
Aux rhéteurs de l'école enseignâtes la croix,
Tant vous étiez de Dieu la parole vivante !..
    Prêtez-nous là-haut votre voix.

» Sainte Catherine, martyre.
Qui, sur la roue infâme, au plus fort des tourments,
Confessâtes Jésus et ses commandements,
Priant pour vos bourreaux au lieu de les maudire ;
    Priez pour nous à tous moments.

» Sainte Catherine, l'étoile
La plus blanche qui soit dans le septième ciel,
Splendeur, flamme invisible à l'œil matériel,
De votre éclat brûlant, oh ! dépouillez le voile
    Pour sourire sur votre autel ! »

Comme l'Evêque-Abbé cessait la litanie,
Ils placèrent la Sainte en une châsse d'or ;
Et, pour glorifier sa mémoire bénie,

Lui votèrent la fête et la cérémonie,
Que dans tous les clochers on carillonne encor.
Quand, le ciel nous aidant, il nous reprend l'envie
De juger Catherine aux actes de sa vie,
Ce qui frappe surtout, et surtout lui valut,
—Son martyre excepté — la palme du salut,

C'est l'ineffable accord, l'harmonique alliance
De tant de modestie et de tant de science,
Comme si le cœur simple et doux de Jésus-Christ
Se mariait en elle au feu du Saint-Esprit.

Elle savait qu'il faut que toutes les lumières
Remontent vers le ciel à leurs sources premières;
Que la science humaine, elle seule, est bien peu,
Et que c'est tout savoir que de connaître Dieu !

De là vient qu'elle fut, pour l'Eglise fidèle,
Des enfants de son sexe et patronne et modèle,
Et que la docte Sainte, en ses divins loisirs,
Ainsi que leurs travaux ordonne leurs plaisirs.

Ecolières gentilles,
Dont la grâce fleurit à l'ombre des couvents,
Pour les chastes quadrilles,
Jetez la robe brune et les livres savants ;
Car, du haut de ce trône,

Qu'au travers du martyre elle a conquis jadis,
        Votre douce patronne
Vous obtient, pour sa fête, un jour de Paradis !

E. DESCHAMPS (*Keepsake religieux*, 1835).

CANTIQUE POUR UNE PRISE D'HABIT.

Que ces murs sacrés retentissent
D'un chant d'allégresse et d'amour,
Et que nos cœurs se réjouissent
Du don que nous fait ce beau jour.
D'un monde infidèle et volage
Fuyant le charme séducteur,
Une vierge dans son jeune âge
Vient se consacrer au Seigneur.

Elle s'arrache à la tendresse
De parents tendrement chéris ;
Fortune, espérances, jeunesse,
Lui sont un objet de mépris.
A la demeure paternelle
Pour jamais faisant ses adieux,
Elle vient, sur les pas d'Angèle *
Chercher un asile en ces lieux.

---

* Fondatrice des Ursulines, morte en odeur de sainteté en 1540, et béatifiée en 1770.

Tel au moment qu'un sombre orage
Dans les airs commence à gronder,
La colombe sous le feuillage
Timide vole s'abriter.
Ou tel sur l'océan terrible,
Le navigateur égaré
Dans une île heureuse et paisible
Trouve enfin un port assuré.

Oh! qu'heureuse est l'âme fidèle
Qui sensible aux chastes attraits
Du divin Epoux qui l'appelle
S'abandonne à lui pour jamais,
Et qui de sa sainte retraite
Donnant à Dieu tous les instants
Peut goûter cette paix parfaite
Qui surpasse tous sentiments!

Que présente un monde perfide
Pour assouvir l'ardente faim
D'un cœur qui toujours plus avide
Demande un bonheur souverain?
Quoi? Des voluptés mensongères,
Une ombre de gloire qui fuit,
Quelques richesses passagères
Que la mort bientôt nous ravit.

Sous des apparences brillantes
Le monde cache les douleurs,

Les craintes, les peines cuisantes,
Les soucis, les remords rongeurs.
C'est une mer où les orages,
Les écueils partout menaçants,
Chaque jour, par d'affreux naufrages,
Engloutissent mille passants.

Mais au sein de la solitude,
Ciel! qu'on trouve de vrais plaisirs!
Plus de péril, d'inquiétude,
Dieu seul y remplit nos désirs.
Là, sur notre âme en abondance
Les grâces pleuvent chaque jour;
Et nous marchons en assurance
Dans les sentiers du saint amour.

Ici l'on puise une eau vivante
Dans les fontaines du Sauveur :
D'une manne vivifiante
On y savoure la douceur.
En vain l'ennemi nous assiége,
Nous avons de puissants secours :
La Tour de David nous protége,
Le Dieu fort nous garde toujours.

Vous donc qui pour votre partage
En ce jour prenez le Seigneur,
Songez que ce bel héritage
Peut combler seul votre bonheur.

Et vous Seigneur, soyez propice
A ses soupirs, à ses saints vœux.
Que son généreux sacrifice
Puisse être agréable à vos yeux.

(Anonyme et Inédit).

L'ENFANT DE LA VALLÉE OU VEILLE DES VACANCES,

CHANT EXÉCUTÉ DANS UN PETIT SÉMINAIRE, EN 1836 ET 1841.

Au jour levant, quand l'aube,
Reine de l'horizon,
Ouvrant sa blanche robe,
Mouillera le gazon ;
Quand, rouge de lumière,
Le ciel oriental
Dorera la chaumière
Et le hameau natal ;
Moi, l'enfant des vallées,
Aux forêts isolées
J'irai, fier d'allier
Mon beau laurier
Aux roses de l'églantier.

Je reverrai mon père,
Il m'attend sur le seuil.

Son âme mâle et fière
S'enivrera d'orgueil.
« Viens, dira sa voix calme,
» Viens, dira-t-il, je veux
» Baiser la noble palme
» Qui presse tes cheveux. »
Je lui dirai : « Mon père,
» Si la gloire m'est chère,
» Et si ses dons jaloux
  » Me sont si doux,
» Oh ! c'est à cause de vous. »

Près du foyer antique,
Je verrai mon aïeul.
Son petit-fils unique
L'a laissé longtemps seul.
Quelquefois il se lève,
Croyant ouïr mes pas ;
Puis, rejetant le rêve,
Il referme ses bras.
Oh ! comme sa mémoire
Conservera l'histoire
Du triomphe sacré
  Que je peindrai,
Quand, tout ému, je dirai :

« Un solennel silence
» Attendait les vainqueurs ;
» La gloire, par avance,

» Vibrait dans tous les cœurs.
» Et la présence sainte
» D'un bien-aimé Prélat
» Dominait de l'enceinte
» L'attendrissant éclat ;
» Quand une voix soudaine
» M'appelle sur la scène,
» Moi, pauvre enfant des bois.
  » La même voix
» Proclama mon nom deux fois. »

Ainsi, conteur fidèle,
L'instruira mon amour ;
Mais que dirai-je à celle
Qui me donna le jour ?
Oh ! bonne et douce mère !
Le sol froid est son lit.
L'époux cloua la bière ;
L'aïeul l'ensevelit.
Il semble encor qu'il penche
Sa chevelure blanche
Sur ce cœur froid et mort.
  Il prie encor
Près de l'Ange qui s'endort.

Je reverrai la rive
Du modeste ruisseau
Où sa main attentive
Balançait mon berceau.

Là, repose sa tombe ;
Là, se dresse une croix.
Là, la blanche colombe
Vient s'abattre parfois.
Là, tous les soirs d'automne,
Déposant ma couronne,
Je lui dirai : « Bénis,
    » Bénis ces prix
» Trempés des larmes d'un fils. »

L'Abbé Louis-Augustin BONNET (Inédit).

AU TONNERRE.

Holà ! vieux messager du Grand Dieu que je crains,
Char au brûlant essieu qui roules sur les reins
    De la nue ardente, inquiète,
Holà ! trève un instant à tes jeux vagabonds ;
Je voudrais, moi chétif, t'atteindre entre deux bonds...
    Que n'ose la voix d'un poète?

Est-ce toi que jadis le Prophète tremblant
D'un bout du monde à l'autre a vu, d'un seul élan,
    Voler sur la roue inspirée ;
Puis, rude laboureur, au sein des tourbillons
Revenir, et creuser plus de mille sillons
    Dans les hauteurs de l'Empyrée?

Oh ! je voudrais te voir, admirable insensé,
Tantôt lent ou fougueux, ou brusque, ou cadencé,
　　Chevaucher dans tes solitudes ;
Bondir et rebondir, hérisser tes cheveux,
Te rouler en serpent, et semer, quand tu veux,
　　D'ineffables inquiétudes !

J'aime ton bruit austère, il me charme, il me plaît ;
Tu menaces, tout craint ; tu grondes, tout se tait ;
　　Tu marches, tout l'univers tremble ;
Les dômes pluvieux sous ton poids ébranlés,
Et les bois, et les flots, et les monts accablés,
　　Devant toi sont muets ensemble.

J'aime ton harmonie aux sauvages accords ;
Tout vibre à tes accents dans mon âme et mon corps ;
　　C'est comme une terreur sublime ;
Tu formes, à toi seul, un concert animé,
Et j'imagine entendre, en ton orgue enflammé,
　　Les voix du ciel et de l'abîme.

Va, je ne te crains pas, soit qu'au-dessus de moi
Ta voix sonore éclate, et qu'en un saint émoi
　　La terre t'écoute, ébranlée ;
Soit que coursier lassé, tu ronfles pesamment,
Et que j'entende au loin ton sourd bourdonnement
　　Ramper le long de la vallée.

Eveille le remords dans de coupables cœurs :

Maudis, confonds l'impie ;... à tes accents vainqueurs
  Moi je m'exalte et m'illumine ;
J'aime, la nuit surtout, ton pas de souverain,
Tes longs serpents de flamme et ton râle d'airain
  Qui vient secouer ma chaumine.

Viens, ô sublime horreur, varier mon ciel bleu,
Viens distraire ma vie et rallumer le feu
  Qui couve en mon âme inquiète :
Car nul ne te comprend, ô conquérant des airs,
Hors l'aigle et le lion, fiers enfants des déserts,
  Et l'âme ardente du poète.

Viens accorder mon luth à ton diapazon ;
Viens, je veux avec toi, dans le rouge horizon,
  Voler sur l'aile des tempêtes ;
Attends... Mais à quoi bon ces élans superflus ?
Je crie à perdre haleine, et l'on ne m'entend plus
  Dès qu'il a grondé sur nos têtes.

L'abbé Devoille *(Chants de l'Exil)*.

LAMENTATION DE L'ANGE DE LA TERRE

APRÈS LA DESTRUCTION DES MONDES.

Mon Ange conducteur a déployé ses ailes,
Et nous avons quitté les ombres éternelles ;

Sous son vol immobile en sa rapidité,
L'espace loin de nous semblait être emporté.
Autour de notre front j'entends l'éther bruire
Comme des flots brisés sous l'élan du navire ;
Nous avons retrouvé l'aspect de l'univers,
Mais son jour m'épouvante,... et je sors des enfers !
On dirait, en voyant le désordre des mondes,
Des poissons dont on vient d'empoisonner les ondes,
De nocturnes troupeaux dispersés tout-à-coup
Quand le bois fait ouïr les hurlements du loup.
Mon Ange de son doigt me montre un astre blême
Dans un des coins du ciel, roi de notre système ;
Son diadème ardent a perdu ses reflets,
La ruine et la mort habitent son palais.
Entre le froid Herschel et le brûlant Mercure,
Notre globe voilé d'une atmosphère obscure
Se débat, agitant les vagues de l'éther,
Comme sous le harpon le géant de la mer.
Mon Ange à son aspect retrouva ses alarmes,
Et sa main sur sa joue essuya quelques larmes.
La terre est sous nos pieds : nous nous y laissons choir ;
Au bord de l'océan mon Ange va s'asseoir,
Et son front s'est courbé dans sa douleur profonde ;
Et ses cheveux pendaient sur l'abîme de l'onde,
Semblables aux rameaux de l'arbre des douleurs
Qui sur l'urne des morts tombent comme des pleurs :
« Globe, en qui je mettais toute ma complaisance,
Le Seigneur t'a maudit ! il n'est plus d'espérance,
Hélas ! et je reviens à l'instant de ta mort
Te faire mes adieux et pleurer sur ton sort.

Je sais que mon angoisse en sera plus amère.
Mais, au fond du cachot, l'inconsolable mère,
Tout coupable qu'il est, jusqu'au dernier moment
Embrasse un fils promis au fatal instrument.
Oh! quel que soit sur toi le divin anathème,
Je ne peux te haïr à ton heure suprême.
Toi que j'ai si longtemps dirigé dans l'éther,
Comme un pilote guide un vaisseau sur la mer,
Loin des soleils éteints, des feux de la comète,
Sphère dont j'étais l'âme, ô ma belle planète,
Comme je m'enivrais d'orgueil et de bonheur
Quand je voyais, du haut de mon vol conducteur,
De tes mers, de tes monts, de tes forêts sauvages
Tes pôles en tournant dérouler les images ;
Alors que, présentant leur surface au soleil,
Simulant la nature à son premier réveil,
Et, reprenant leur teinte aux feux de chaque aurore,
Ils semblaient du chaos se dégager encore ;
Surtout quand tes enfants vers moi tournaient ces yeux
Où jadis mes pareils burent l'oubli des cieux!...
Et tout cela, la mort doit s'en faire une offrande !
Et ton globe si beau, le néant le demande !
Et de toute ta masse, avant qu'il soit demain,
Le gouffre insatiable aura le dernier grain !
Jéhova, n'as-tu donc créé que pour détruire !
Mais que dis-je? où m'égare un funeste délire?
L'excès de ma douleur a troublé ma raison ;
Malheur ! je suis un Ange et je parle en démon !
O mon Dieu, pardonnez ! enfant de la lumière
Je regrette la forme et pleure la matière !

Pardonnez si ce globe a trop su me charmer,
Je le tenais de vous, et je devais l'aimer.
Nous avons tant vécu de la même existence !
Me séparer de lui m'est une peine immense !
Vous ne m'en ferez pas un crime dans les cieux.
Terre, reçois les pleurs qui coulent de mes yeux :
Au moment de te voir satisfaire à l'abîme,
Mes lèvres n'osent pas te reprocher ton crime...
Mais voici la vengeance et son premier éclair ;
L'approche de ta fin se respire avec l'air.
Déjà tombent sur toi des ténèbres livides
Comme le voile noir au front des parricides ;
Et l'éternelle nuit se fait autour de toi ;
Et ton sol a la fièvre et s'agite sous moi.
Effrayant le regard d'une tempête étrange,
Tes mers à leur surface ont soulevé leur fange...
Leur onde fume et bout d'un invisible feu...
Pour la dernière fois, ô ma planète, adieu ! »

RÉBOUL *(Le dernier Jour, Chant VIII).*

NAÏS ET NÉZELMON,

POËME,

DIVISÉ EN SONNETS.

I.

LA MER ET LE CIEL.

C'est la mer déroulant de rivage en rivage
Ses flots d'azur bercés par les vents frais du soir ;
C'est le jeune marin qui chante et vient s'asseoir
Près de la voile blanche où dort l'oiseau sauvage.

C'est le ciel dépliant ses tentes sans nuage,
C'est l'ombre sans la nuit, la nuit sans rideau noir ;
C'est la lune abaissant dans un vaste miroir
Le rayonnement pur de sa tremblante image.

C'est la mer en courroux ; c'est le sombre ouragan,
C'est la vague qui bout comme sous un volcan,
Puis mugit et bondit, puis se brise à la grève.

C'est le cri du marin, c'est son dernier adieu,
C'est le nuage en feu sillonné par un glaive ;
Par delà c'est le ciel, et par delà c'est Dieu :

II.

FÊTES DU MOYEN-AGE.

Dieu que le moyen-âge irritait par ses fêtes,
Quand, aux cris sourds du Prêtre, au bruit du viel autel
Que Luther abattait de son souffle mortel,
Cent conviés paraient et parfumaient leurs têtes ;

Quand, dans le Temple nu, séjour des faux prophètes,
Echappée, à minuit, au foyer maternel,
La vierge de seize ans, par un nœud solennel,
Enlevait à la foi deux cœurs et deux conquêtes ;

Quand les peuples, armés du glaive et du brandon,
Dans la flamme et le sang, courant à l'abandon,
Hurlaient d'horreur devant la croix plantée à Rome.

Et Dieu, buvant le vin, le vin de sa fureur,
Tout prêt à les tuer comme on tue un seul homme,
Faisait parler les mers comme un avant-coureur.

III.

NAÏS ET NÉZELMON.

Du moins l'autel partout n'était pas solitaire ;
Et, le jour du Seigneur, quand, au soleil levant,
Quand, à l'appel du Prêtre et de l'airain mouvant,
Ailleurs la Cathédrale ouvrait son Sanctuaire ;

Quand, d'ogive en ogive, au dôme séculaire,
Les volutes croisaient les voix en s'élevant,
Quand les chœurs résonnaient brûlants comme le vent
Qui chasse, un soir d'été, la nue incendiaire ;

Quand, sur le lin, parmi les candélabres d'or,
Dieu rayonnait d'éclat comme sur le Thabor,
Les fidèles émus prosternaient leurs fronts pâles :

Mais, parmi les noms purs décorés de son nom
Que l'extase et l'amour courbaient par intervalles,
Il contemplait surtout Naïs et Nézelmon.

IV.

LE MONASTÈRE.

Ils étaient frère et sœur ; ils étaient seuls : leur père,
Vieillard saint les bénit, puis partit pour les cieux ;
Et, trois jours écoulés, agenouillés tous deux,
A la Messe des Morts ils priaient pour leur mère.

Tous deux, la nuit tombée, au sombre cimetière,
En silence ils allaient converser avec eux ;
Puis, quittant la vallée où dormaient leurs aïeux,
Ils entraient dans l'Eglise au voisin monastère.

Le monastère, assis au haut d'un cap béant,
Fier de ses sombres tours, et, roi de l'Océan,
Appelait la tempête et brisait son écume.

Là, plus d'un cœur, rongé par un chagrin amer,
Bravait, en s'élevant comme l'encens qui fume,
Les flots des passions comme ceux de la mer.

V.

LES ADIEUX.

Un soir (l'ombre naissante effleurait le vieux mont,
Le soleil se couchait, le pâle crépuscule
Rendait plus beaux les cieux, plus doux l'air qui circule);
Un soir, Naïs disait au jeune Nézelmon :

« Mieux je veillerai là, mieux ils s'endormiront :
» Le monastère est proche : il m'appelle ; je brûle
» D'habiter tout près d'eux une pauvre cellule,
» Les yeux sur leurs tombeaux, un voile sur le front.

» Adieu donc ! je m'en vais. Jeune religieuse,
» Je vole vers mes vœux'! Adieu ! ma voix pieuse
» Prîra pour lui, pour elle, et montera vers Dieu.

» Pour la dernière fois prions, pleurons ensemble.
» Je t'aimais, tu m'aimais ! Et je te quitte....Adieu !
» Adieu ! mon cœur frémit, et mon courage tremble. »

VI.

LE VOILE.

Tu pars? — En gémissant. — Tu fuis? — Pour te revoir.
— Où? — Plus haut. — Près de qui? — De notre pauvre mère.
— Quand? — L'heure où l'on dira: « Pars, âme prisonnière,
» Ame chrétienne, pars ; Dieu va te recevoir. »

— Ne me délaisse pas ; vois-tu, mon cœur est noir.
— Je prîrai Dieu pour toi, la nuit, au monastère.
— Me rendra-t-il ma sœur ? — Il deviendra ton frère.
— Ta présence, c'était la paix. — Dieu, c'est l'espoir.

Et la vierge baisait le pavé du saint Temple ;
Et Dieu, de la nuée où l'Ange le contemple,
Descendait sur l'autel, de l'autel dans son cœur.

L'encens fumait ; l'autel mirait le feu des cierges ;
L'orgue solennisait le cantique des Vierges ;
Des pleurs coulaient ; le voile ornait un front vainqueur.

VII.

LA PRIÈRE A MINUIT.

Plus de clercs, plus de chœurs. La lampe brûle seule
Devant le Sanctuaire et le Saint-Sacrement.
L'horloge seule bat son lourd balancement.
La nuit croît. Le clocher penche son ombre aïeule.

Et le cap s'arrondit comme une vaste meule
Qui laisse flot à flot s'échapper le froment.
Et l'océan se gonfle ; et, lion écumant,
Ouvre entre les rescifs et referme sa gueule.

Et la vierge disait : « Secours aux matelots !
» Etoile des mers, luis ! rayonne sur les flots !
» Rassérène les cieux et chasse les tempêtes.

» Rends mon frère à la paix ! Eux, rends-les à ces bords !
» Rends mon père et ma mère aux éternelles fêtes !
» Marie, oh ! souviens-toi des vivants et des morts ! »

VIII.

SÉJOUR DE TROIS ANNÉES.

Le jour succède au jour, les saisons aux saisons.
C'est le jeune printemps avec son bruit d'abeilles,
Avec son vol d'oiseaux et ses fraîches corbeilles,
Et son soleil d'avril et ses clairs horizons.

C'est l'été buvant l'onde et fanant les gazons,
Nuançant, le matin, des aubes moins vermeilles,
Appelant à midi la pourpre sur les treilles,
L'aigle sur la montagne et l'homme à ses moissons.

C'est l'automne versant le soleil et la pluie
Sur les fruits qu'en passant un zéphir tiède essuie.
Plus tard, c'est la châtaigne et c'est le coin du feu.

C'est l'hiver blanchissant l'Eglise sous la neige ;
C'est Noël, c'est minuit, le peuple et l'Enfant-Dieu.
C'est de trois ans passés le rapide cortége.

IX.

MURMURES DES VAGUES ET BRUITS DU MONDE.

Trois ans déjà passés... Et la jeune Naïs
Goûtait la paix des cieux pour prix de son courage.
Sa famille, c'étaient les sœurs de l'hermitage ;
L'hermitage et l'autel, c'était son cher pays.

Pourtant parfois le monde et la mer réunis,
Elevant, à travers cet asile sauvage,
L'une un murmure et l'autre un regret sur son âge,
La surprenaient pensive au pied du Crucifix.

De loin, elle voyait, au penchant des montagnes,
Sous les tilleuls en fleurs, ses anciennes compagnes,
Assises en long cercle autour du vieux lavoir.

De loin, elle entendait leurs voix mélodieuses,
Sous les tours du château, se marier, le soir,
Et mesurer les pas de leurs danses joyeuses.

X.

SOLEIL DU SOIR ET PAIX DU TEMPLE.

Hélas ! et sa pensée était triste et rêveuse,
Triste au pied de la croix et rêveuse en priant ;
Et ses lèvres perdaient leur aspect souriant,
Et Dieu la surprenait un moment oublieuse.

Mais quand elle éveillait son âme voyageuse,
Quand elle en arrêtait l'essor humiliant,
Quand, de nouveau, joignant les mains en suppliant,
Elle lui consacrait sa vie aventureuse ;

Surtout quand le soleil, à l'heure du déclin,
Plus grand qu'à son midi, beau comme à son matin,
Rougissait de ses feux l'hermitage et l'église ;

Surtout quand résonnait le *Salve Regina*,
Dans ces lieux pleins de calme heureuse d'être assise,
Elle glorifiait la main qui l'amena.

XI.

ORAGE NOCTURNE.

Une nuit cependant, une nuit tout entière,
La vierge gémissait, on l'entendit gémir.
L'océan vers le soir s'était pris à dormir ;
La nuit, il souleva son humide crinière.

Blancs comme les rochers que le sombre cratère
Calcine dans ses flancs avant de les vomir,
Les écueils nus semblaient grandir et s'affermir
Et chassaient loin les vents, les flots et leur poussière.

Des nuages sanglants se heurtaient et couraient.
On eût dit des aiglons ; — et leurs ailes s'ouvraient
Et laissaient en s'ouvrant s'échapper le tonnerre.

Point de port ; seulement les pointes du rescif.
Point d'astre ; seulement un phare au monastère.
Pas un seul grand vaisseau ; seulement un esquif.

15

XII.

LE FRÈRE SUR L'OCÉAN, LA SOEUR A L'HERMITAGE.

Un esquif ! — Il portait la moitié de son âme.
L'éclair, comme un grand arc, plusieurs fois avait lui.
C'était Nézelmon ! Lui ! lui-même ! c'était lui !
Et Naïs tressaillait au bruit de chaque lame.

Et Nézelmon voyait rayonner une femme.
C'était elle ! c'était son seul amour, celui
Qu'il implorait jadis comme un dernier appui
Pour reposer ses maux et sa tête de flamme.

Ici Naïs, au loin, plongeant un œil brûlant.
Là Nézelmon debout sur un pont chancelant.
Le frère sur la mer, la sœur à l'hermitage.

D'un côté l'épouvante et la sécurité.
De l'autre la tempête et le cri du courage.
Partout des vœux montant vers un ciel irrité.

XIII.

STELLA MARIS, ORA PRO EO.

Naïs disait : — Seigneur ! — Tout proche, des voix d'Anges
Disaient : — Ayez pitié. — Naïs : — Roi du saint lieu !
— Les voix : — Écoutez-nous. — Naïs : — Mère de Dieu !
— Les voix : — Priez pour lui ; la mort étend ses langes.

— Naïs : — Vous dont mon frère aimait tant les loùanges !
Les voix : — Priez. — Naïs : — Vous sublime milieu,
Entre l'homme et le ciel ! — Les voix : — Au cri d'adieu,
Recevez-le parmi vos célestes phalanges.

— Naïs : — Lys de Jessé, devenez son appui !
— Les voix : — Astre des mers, levez-vous devant lui !
— Toutes : — Calmez les vents et l'océan qui gronde.

— Naïs : — Agneau de Dieu, ma victime et mon roi,
Vous chargé des fardeaux et des fanges du monde !
— Les voix : — Pitié ! — Naïs : — Sauvez-le, sauvez-moi !

XIV.

L'AURORE.

La tempête s'enfuit au lever de l'aurore.
Les nuages de feu, que sillonnait l'éclair,
S'ouvrirent pour laisser resplendir un ciel clair ;
Quelques vagues à peine osaient gronder encore.

Beau comme au mois de mai, le jour allait éclore.
L'orient enflammait un berceau sur la mer ;
Et la terre, exhalant ses doux parfums dans l'air,
Appelait la rosée et la brise sonore.

L'aube dorait le cap des tendres feux du ciel ;
Quelques enfants cueillaient des roses pour l'autel ;
Et l'autel s'égayait paré par l'innocence.

Le berger, écoutant l'Angelus du matin,
Saluait sur les monts le jour à sa naissance ;
L'oiseau volait aux bois, l'abeille sur le thym.

XV.

LA NEF SANS VOILES, LE JEUNE HOMME SANS VIE.

Plus le jour grandissait, plus cette mer fougueuse
Qui se leva, la nuit, et défendit ses bords,
Comme un guerrier défend les terribles abords
D'une cité tombante ou d'une île orageuse

Arrondissait les plis de son onde houleuse,
Conseillait aux vaisseaux d'abandonner leurs ports,
Et jetait, en roulant sans courroux, sans efforts,
Des festons argentés sur sa rive amoureuse.

Et, tout en sommeillant, elle amenait sans bruit
Les vergues et les mâts, décombres de la nuit,
Proie errante, brisée et longtemps poursuivie.

Avec eux une barque et Nézelmon flottaient ;
La barque était sans voile et l'étranger sans vie.
Le Temple le reçut, et deux Prêtres chantaient :

XVI.

LE DIES IRÆ.

« Le grand jour dissoudra les siècles dans la cendre,
» Témoins et la Sybille et le Prophète-Roi.
» Les générations, frissonnantes d'effroi,
» Entendront la trompette et Jéhovah descendre.

» La mort, dans la stupeur, s'empressera de rendre
» Les peuples du sépulcre affranchis de sa loi ;
» Les Anges ouvriront le livre de la foi
» Où dorment les secrets que le ciel doit apprendre.

» Qui suis-je, malheureux, répèterai-je alors !
» Quel Patron implorer, quand les Saints et les Forts
» Eux-mêmes, à haute voix font parler leurs alarmes !

» Pieux Jésus, prenez, dans ce jour solennel,
» Pitié de Nézelmon et pitié de nos larmes !
» Donnez-lui, donnez-nous le repos éternel ! »

XVII.

LA DOUBLE SÉPULTURE.

Pendant qu'ils bénissaient l'étranger au cercueil,
Naïs, lengtemps en vain par ses sœurs retenue,
Courut et souleva cette tête connue
Qui souriait jadis et faisait son orgueil.

Tristes comme la mort, sombres comme le deuil,
Les chants perçaient la voûte et les cloches la nue;
Et les vents agitaient la chevelure nue
Que la Vierge suivait d'un douloureux coup-d'œil.

Il fallut emporter dans l'enclos funéraire
Celui qui, las des vents et d'une mer contraire,
Demandait une tombe à l'hospitalité.

Sa sœur semblait prier. Immobile et fidèle,
Elle était à genoux, elle avait existé.
C'était lui, le matin; et, le soir, ce fut elle.

XVIII.

DEUX AMES DEVANT DIEU.

A leur dernier soupir, les cieux s'étaient ouverts,
Et vers le seuil tous deux ils secouaient leurs ailes.
Quel spectacle ! — Vêtus de clartés éternelles,
Les élus étaient rois dans cet autre univers.

Une femme, un vieillard traversèrent les airs,
Quand Dieu vint visiter les deux âmes nouvelles ;
Et les Anges, penchant leurs têtes fraternelles,
Firent taire un moment leurs luths et leurs concerts.

Dieu, Nézelmon, Naïs, tous trois sont en présence.
—Vierge, quel est ton nom ?—Mon nom, c'est l'innocence.
— Jeune homme voyageur, ton nom ? — Le repentir.

Le grand livre s'ouvrit ; chaque feuille était blanche.
Dieu dit : — Venez. — Soudain les cieux de retentir
Comme le bruit des eaux que la tempête épanche.

XIX.

UNE FÊTE AU CIEL.

« Des hymnes! Cieux, chantez! Cieux, soyez unanimes!
» Deux enfants ont vaincu le monde humilié!
» Des fleurs! jetez des fleurs! avez-vous oublié
» Qu'ensemble ils ont fleuri sur le bord des abîmes!

» Fleurissez, jeunes lis, sur de plus hautes cîmes ;
» Rien d'impur à vos pieds, oh! rien ne s'est lié.
» Élancez-vous : jamais l'aquilon n'a plié
» Les fleurs qui s'entrouvraient sur nos hauteurs sublimes.

» Connais-tu ce vieillard d'une austère vertu,
» Jeune homme! — C'est ton père. — Et toi, reconnais-tu,
» O vierge, cette femme objet de tant de larmes?

» Enfants, des pleurs d'amour ont inondé vos yeux.
» Frères, nous partageons ces moments pleins de charmes
» Des hymnes! Cieux, chantez! Battez des mains, ô cieux!»

XX.

LE CIEL ET LA MER.

Muse chrétienne, assez. — Ton souffle m'est amer.
Je suis las : reposons dans le ciel que décore
Un couple adolescent envolé dès l'aurore.
Si suave est le ciel ! Si perfide est la mer !

Eh ! pourrais-je écouter les flots hurlants dans l'air,
Pendant qu'une harmonie enivrante et sonore
Fait mourir de plaisir, naître et mourir encore
Les héros qui du monde ont franchi le désert !

Poète, j'ai conduit à l'éternel rivage
Deux enfants qu'a frappés un même jour d'orage ;
Et je veux avec eux goûter un peu de miel.

Océan, lève-toi ! foudre, murmure et tombe.
Mon dernier vœu, c'est Dieu ! mon séjour, c'est le ciel !
Je m'endors du sommeil de la jeune colombe.

L'Abbé Louis-Augustin BONNET (Inédit).

LES DEUX COLOMBES DU CIMETIÈRE.

I.

LE TROUBADOUR.

Longtemps en butte aux cruelles alarmes,
Deux orphelins, un jeune homme et sa sœur,
   Espèraient trouver le bonheur
   Dans ce triste vallon de larmes.
   Mais le temps dessilla leurs yeux.....
   La vie est un lieu de misère ;
   Le bonheur n'est pas sur la terre,
   Le bonheur n'est que dans les cieux.

Par un chagrin secret dégoûté de la vie,
Le jeune homme devint solitaire et pensif ;
Son cœur ne s'abreuvait que de mélancolie,
Et son âme n'avait qu'un murmure plaintif.
Il aimait à fouler les collines sauvages ;
Sur un tapis de mousse il allait se pencher ;
Le soir, il regardait, assis sur un rocher,
La lune suspendue au milieu des nuages....
Quelquefois il rêvait dans les bois d'alentour,
Sous le saule pleureur d'un tombeau solitaire :
Penché sur une fleur, ou sur une onde claire,
A pleurer, à sourire, il passait tout le jour.
Des châteaux renversés parcourant les vieux dômes,

La nuit, il écoutait de lugubres accords,
Ces bruits mystérieux, tristes échos des morts,
　　　　Et les pas des fantômes,
Qui, pâles, se glissaient dans les noirs corridors....

Hélas! dans ce sentier que l'on nomme la vie,
Voyageur éphémère, il ne parut qu'un jour,
Et la céleste voix du jeune troubadour
Au monde, avant le temps devait être ravie ;
　　　　Pèlerin de la poésie,
Il ne suspendit pas son luth mélodieux
Aux parois de ce Temple, où l'on vit d'ambroisie,
Où l'immortalité couronne le génie,
　　　　Où les poètes sont des dieux.

Il mourut, et les feux de son jeune délire,
Brillèrent inconnus, comme de vains éclairs ;
　　　　Il mourut, au bruit de sa lyre,
　　　　Au doux murmure de ses vers.

　　　　Et bientôt, dans le cimetière,
On le portait, couvert du noir linceul des morts....
Sa pauvre sœur suivait la marche funéraire....
　　　　Dans la tombe on jeta son corps
Qu'un fossoyeur distrait couvrit d'un peu de terre ;
Et quelques mois après, sur son triste cercueil,
Un saule échevelé se penchait solitaire,
　　　　Comme une tendre mère en deuil.

Et sa sœur dédaignant sa parure enfantine,
Voila d'un crêpe noir son front aux cheveux d'or ;
Sa sœur, qu'il élevait toute petite encor,
Orpheline déjà, fut deux fois orpheline.

II.

L'ORPHELINE.

Vois.... c'est là des tombeaux l'enceinte désolée,
    Des morts c'est ici le séjour!
Dis-moi, vois-tu là-bas cette tombe isolée?...
    Sur la pierre du mausolée
On lit ces mots : Ci-gît un jeune troubadour.

Une petite fille, à genoux sur la tombe,
Y versait l'autre soir sa prière et ses pleurs...
A l'heure où l'oiseau dort dans son nid, sous les fleurs,
    Elle était là, triste colombe,
    Se nourrissant de ses douleurs....

Ses beaux yeux d'ange étaient le reflet de son âme;
Son âme, un rayon pur de l'astre pur des cieux :
Et ce reflet du ciel, ce rayon, cette flamme,
Donnait un air céleste à son front soucieux...

« Pourquoi m'as-tu laissée ici-bas, ô mon frère,
» Seule et sans nul appui, seule et sans nul espoir !
» Sans doute tu m'aimais moins que ma pauvre mère,
» Puisque tu me quittas pour aller la revoir ?

» Pourquoi m'as-tu laissée ici-bas, ô mon frère,
» Seule et sans nul appui, seule et sans nul espoir !

» L'autre jour, je passais au bas de la colline :
» Mes yeux voulaient pleurer, et je ne l'osais pas ;
» Et l'on me regardait, et l'on disait tout bas :
  »— Voilà la petite orpheline.

» Mes compagnes, vois-tu méprisent mes soupirs.
» Je les vois se livrer à leur joie enfantine ;
» Je ne partage plus leurs jeux et leurs plaisirs ;
  » Je suis la petite orpheline.

» Avec toi j'aurais pu vivre encor d'heureux jours ;
» Sous le poids du malheur ma tête enfin s'incline ;
» Il ne me reste plus qu'à mourir sans secours ;
  » Je suis la petite orpheline. »

Elle dit, et la nuit déjà tombait des cieux,
Et l'orage approchait sur ses ailes de feux....
Alors sur le sépulcre elle pencha la tête....
Et quand dans le ciel noir éclata la tempête,
En regardant le ciel, elle ferma les yeux....

  L'arbre de la mélancolie
Le saule, en murmurant couvrit ce front si beau....
  Où doit-on retrouver la vie,
  Quand on s'endort sur un tombeau?...

III.

Et l'autre jour, j'allai dans le vieux cimetière.
Je vis, près du tombeau du troubadour rêveur
    Un petit tombeau solitaire
    Sous un petit saule pleureur.
    « O toi qui dors, ô tendre frère,
    » Est-ce la tombe de ta sœur ? »

Je m'approchai, je vis deux colombes plaintives
Voltiger sur le saule et pousser des soupirs ;
    C'étaient bien deux âmes pensives
Qui venaient s'abreuver de pleurs.....de souvenirs.....

    Elles étaient couleur de neige,
    Leur vol était léger et doux....
« C'est le frère et la sœur ! » Aussitôt m'écriai-je,
    Colombes du ciel, c'est bien vous !

    Et soudain les cieux s'entr'ouvrirent,
    Et les deux colombes partirent
    Et disparurent à mes yeux.....
    Oh! qui me donnera des ailes?
    Quand pourrai-je voler comme elles,
    Pour trouver le bonheur aux cieux?

                ··· (*Inédit.*)

LE DÉPART D'UN ANGE.

Dans les bras de sa jeune mère
Suspendu pendant tout le jour,
Croissait un ange de la terre
Abreuvé de lait et d'amour.
Son front, pur de mélancolie,
Brillait des plus fraîches couleurs ;
Et dans le sentier de la vie
Il courait à travers les fleurs.

Comme une rose près d'éclore,
Et qui commence à s'embellir
Sous les doigts charmants de l'aurore,
Et sous l'haleine du zéphyr ;
Quand sa tige dort reposée,
Elle offre un calice vermeil
Et tout humide de rosée
Aux premiers rayons du soleil,

Ainsi, cette blanche colombe
Croissait au soleil du bonheur,
Sans craindre l'horreur de la tombe
Ni l'aiguillon de la douleur,
Exempt d'inquiétude amère
Il brillait de joie et d'espoir
Et tranquille au sein de sa mère
Il dormait quand venait le soir !

Hélas! la fortune inconstante
Fuit comme l'onde d'un ruisseau;
Et déjà, la fièvre brûlante
Le tient fixé dans son berceau;
Près de lui sa mère s'afflige :
« Mon fils! voyez mon pauvre fils!
» Il est plus pâle que le lis,
» Que le lis qui meurt sur sa tige! »

Mais on dirait que les douleurs
Ont fait trève avec leur victime;
Son front que la pâleur opprime
Reprend ses premières couleurs.
Ses yeux ranimés semblent dire :
« Désormais je vais être heureux! »
Un instant on le voit sourire.....
—Son âme s'envolait aux cieux!

Pâle, dans sa douleur affreuse
Sa mère a poussé de grands cris :
« O ciel! que je suis malheureuse!
»Rends-moi, mon Dieu! rends-moi mon fils!
» Prends pitié d'une pauvre mère,
» Qui loin de son fils va mourir :
» Quand tu me le donnais naguère,
» Etait-ce pour me le ravir? »

Pendant que sa faible poitrine
Exhalait des soupirs amers,

16

Les sons d'une lyre divine
Retentissent au haut des airs.
Baignés de larmes maternelles,
Ses yeux qui s'entr'ouvrent encor
Voient deux anges aux blanches ailes
Qui soutenaient des harpes d'or.

L'un d'eux avec un doux sourire,
Et lui tendant ses petits bras :
« Je m'en vais au céleste empire,
» Pauvre mère ! ne pleure pas !
» Cesse tes mortelles alarmes !
» Loin de toi bannis la douleur !
» Je quitte la terre des larmes,
» Je vole à celle du bonheur !

» Si je regrette un peu la vie
» C'est qu'il faut m'éloigner de toi :
» Ah ! viens donc jouir avec moi
» D'un bonheur si digne d'envie ! »
Soudain, agitant dans les airs
L'éclat argenté de leurs ailes,
Ils fuient... les voûtes éternelles
Ecoutaient déjà leurs concerts.

*** (Inédit).

OUVERTURE DU MOIS DE MAI.

Prosternés au pied de ton trône,
Et de ton autel embaumé,
Tes enfants t'offrent leur couronne
Avec les fleurs du mois de mai.

O Reine, accepte leur hommage,
Leurs vœux, leurs Hymnes triomphants,
Et sensible sous ton image,
Daigne sourire à tes enfants.

Rose de la sainte famille,
Entre les lis beau lis vermeil,
De ton fils toi-même la fille,
Belle aurore avant le soleil.

Par toi notre humaine nature,
A contracté tant de grandeur,
Que de sa faible créature,
A pu naître le Créateur.

Petite fleur de la vallée,
Plus belle sous ton voile bleu,
Qu'avec une mante étoilée,
Les nuits, au firmament de Dieu.

L'Esprit Saint sous ses chastes ailes,

Te couvrit d'un voile d'amour,
Puis au doux lait de tes mamelles,
L'enfant Jésus but chaque jour.

Prosternés, etc.

T. N. (Inédit).

LA MÈRE DU CHEVALIER.

I.

A cette heure si douce, où le pâle soleil
S'incline par degré sous l'horizon vermeil,
Où le vieux pèlerin, dans le fond de la plaine
S'arrête au tintement de la cloche lointaine,
Où le pauvre exilé qui s'enfuit sur la mer,
Rêve à ses doux amis, rêve au départ amer :
On voit, sur le plateau de la tour crénelée,
Du chevalier Belfort la mère désolée,
Qui parfois d'une main semble essuyer ses yeux,
Et parfois, pour prier, les porte vers les cieux.

Quand de l'aube du jour la lueur fraîche encore
Jette un reflet d'argent sur les mers de l'aurore,
Quand le soleil, sorti du sein des flots d'azur,
Monte, comme un géant, s'emparer du ciel pur,

Sur la tour crénelée on voit la châtelaine
Porter, d'un air pensif, ses regards sur la plaine
Ou sur les vastes mers, et tantôt soupirer
Et tantôt abaisser la tête pour pleurer.

Pourquoi se livre-t-elle à la mélancolie?
C'est qu'elle attend son fils qui, loin de sa patrie,
Alla croiser sa lance auprès du Saint Tombeau
Et qui ne revient plus dans l'antique château.

II.

La pauvre mère, un jour, sur la tour crénelée,
Promenait ses regards au loin dans la vallée,
Quand elle vit venir un jeune troubadour
Qui portait une harpe ; et, du haut de la tour :

« Troubadour ! troubadour ! viens-tu de Palestine?
» Dis-moi, dans les cités où la France domine,
» Aurais-tu vu mon fils, le chevalier Belfort?
» Peut-être est-il tombé sous les coups de la mort.
» On dit que dès longtemps la guerre est terminée,
» Et mon fils ne vient pas : m'a-t-il abandonnée?....»

Le jeune troubadour lui dit d'un ton plaintif :
« Votre fils n'est pas mort, Madame, il est captif!
» Après l'avoir surpris dans l'ombre sans armure,
» L'ennemi l'a jeté dans une tour obscure
» Dont les murs sont baignés par la vague des mers ;
» Mais les Francs ont juré d'aller rompre ses fers.

» Que ce serment dissipe et chasse vos alarmes ;
» Votre fils reviendra bientôt sécher vos larmes.
» Vous le verrez un jour, là-bas, sur le chemin,
» Portant, comme Richard, l'habit de pèlerin. »

Et mettant aussitôt sa main sur sa poitrine,
Le jeune ménestrel la salue et s'incline ;
Et poursuivant sa route, en s'éloignant des tours,
Triste, il ne chantait plus l'hymne des troubadours.

III.

Si tu voyais ton fils, ô pauvre châtelaine !
Lié contre un pilier par une courte chaîne,
Il est là, toujours là, nuit et jour arrêté,
Et son front abattu rêve à la liberté.
Quel tourment de ne voir que sa prison obscure !
Oh ! s'il pouvait encore contempler la nature !
S'il pouvait se suspendre à ses barreaux de fer,
Et voir trembler au loin les vagues de la mer,
Voir, le matin, la nue à la teinte empourprée,
Et l'Occident empreint d'une couche dorée
Alors que sur les flots on voit l'astre du jour
Sourire aux jeunes fleurs qui croissent sur la tour !
S'il pouvait respirer la fraîcheur du zéphyre,
A l'horizon lointain entrevoir un navire !...

Mais le cachot est là, le cachot, dont l'horreur
Comme un immense poids retombe sur son cœur !

Il n'entend que le cri de l'oiseau des ténèbres
Qui semble lui porter des annonces funèbres :
Et quand dans son cachot quelque rayon descend
Il voit les murs souillés par des taches de sang,
Indice d'un forfait, témoignage d'un crime,
Preuve du désespoir de quelque autre victime !....

IV.

« Quand pourrai-je voler, ma mère, auprès de toi !
» Chevaliers, en bataille ! accourez, sauvez-moi !
» Un Français est captif ! hâtez sa délivrance,
» Pour qu'il puisse revoir et sa mère et la France ! »
Tels étaient ses soupirs. Le gardien de la tour
Tenant un glaive nu, devant lui vint un jour.
— « Sans doute de mon sang tu veux rougir ton glaive?
» Ah ! pour un prisonnier la mort est un beau rêve !... »
— « Non, captif !.. aujourd'hui tu quittes ce séjour,
» Mais c'est pour qu'on te traîne au fond d'une autre tour !
Pourquoi détachait-il sa chaîne accoutumée?....
C'est que des guerriers Francs devaient quitter l'armée,
Chevaucher vers la tour en côtoyant les mers,
Pour le rendre à la France en lui brisant ses fers,
Craignant que son captif n'échappât à sa rage,
Le gardien le traînait sur un autre rivage.
Quand il l'eut détaché du noir pilier, tous deux
Descendaient à grands pas les degrés tortueux.
Mais soudain, en passant près d'une galerie,
Le captif qui brûlait de revoir sa patrie,

S'élança dans les flots, fier de sa liberté,
Et nagea vers les murs de la sainte Cité !
Du jeune chevalier la douce et tendre mère
Nourrissait par des vœux sa douleur solitaire.
Sur la tour crénelée, au soleil du matin,
Elle égarait un jour ses yeux dans le lointain.
Soudain à l'horizon une nef qui se penche,
Sur les vagues d'azur montre sa voile blanche ;

« Si c'était lui ! dit-elle, Oh ! si c'était Belfort ! »
Déjà la nef légère avait touché le bord....
Elle espère, elle craint ; tremblante, elle désire....
Hélas ! nul chevalier n'était dans le navire.
Mais elle en vit sortir un jeune pèlerin
Qui vint vers le château son bourdon à la main.

« Oh ! sans doute, là-bas c'est mon fils qui s'avance,
» Oui, je le vois sourire au doux pays de France.
» Sentinelle des tours, sonne, sonne du cor !
» Vois-tu ce pèlerin ?.. c'est peut-être Belfort ! »

Le cor, du haut des tours, sonne un air d'allégresse ;
Sur le fossé profond le pont-levis s'abaisse ;
La porte du château roule ses gonds vieillis :
Un pèlerin paraît : mais ce n'est pas son fils !

« Bon pèlerin, dis-moi, tu viens de Terre-Sainte ?
» Quand de Jérusalem tu visitais l'enceinte
» N'as-tu pas vu Belfort, le jeune chevalier ?
» Naguère l'on me dit qu'il était prisonnier ;

» Ah ! serait-il bien vrai qu'un chevalier de France
» Dans un cachot obscur laissât dormir sa lance ?...»

Le jeune pèlerin lui dit, le cœur ému :
« Partout, dans l'Orient votre fils est connu;
» Nos guerriers l'ont nommé l'aigle de la vaillance.
» Hélas ! quand on m'apprit que ce fils de la France
» Gémissait prisonnier dans une vieille tour,
» J'allais quitter alors l'Orient sans retour. »

— « Oh ! pèlerin, dis-moi si dans sa prison noire
Mon brave chevalier expie encor sa gloire ?
Les vieux guerriers français, honteux de ses revers
Ont-ils détruit sa tour, ont-ils brisé ses fers ?... »

— « Le jour de mon départ, j'errais sur le rivage
Pensant à mon retour, quand je vis sur la plage
Un guerrier par les flots déposé sur le bord....
En m'approchant, ô ciel ! je reconnus Belfort !..
Oui, c'était votre fils !.. à sa main froide et nue
Pendaient quelques anneaux d'une chaîne rompue;
Sans doute de ses mains ayant brisé ses fers
Rapide il s'élança sur la plaine des mers,
Où la fureur des flots,... l'embarras de sa chaîne....
Ici souvenez-vous que vous êtes chrétienne !.....
Elevez vers le ciel vos yeux mouillés de pleurs !
Dans le ciel, les martyrs guérissent leurs douleurs !

Je recouvris son corps de mousse et de verdure;
Les pèlerins prieront près de sa sépulture :
Avant de le quitter pour la dernière fois,
Je plantai sur sa tombe une petite croix ! »
Depuis ce jour fatal, la pauvre châtelaine
Ne monta plus rêver au sommet de la tour,
Même à l'instant si doux, où, dans la vaste plaine
Le plaintif tintement de la cloche lointaine
Semblait, dans sa lenteur, pleurer la fin du jour.

*** (Inédit).

L'HERMITE ET LE PÈLERIN.

I.

L'HERMITE.

Pèlerin! Pèlerin! viens dans mon hermitage!
La nuit descend du ciel, sombre et pleine d'effroi,
Viens reposer ici sous mon toit de feuillage;
Viens; pendant ton sommeil je prierai Dieu pour toi;

LE PÈLERIN.

Hermite, homme de Dieu, n'arrête pas ma course!
Que mon pèlerinage, hélas! s'est prolongé!
Mon fils sentait ses jours se tarir dans leur source,
Mon fils allait mourir, quand mon cœur affligé

Se porta vers celui qui frappe et qui relève....
On dit que par des vœux Dieu se laisse toucher ;
Le bourdon à la main, j'allai voir sur la grève
L'image de MARIE, à l'hôtel du Rocher.
Et, devant cet autel, les doigts sur mon rosaire,
J'ai dit : « Priez pour moi, Vierge du bon secours !
« O Dieu mort sur la croix, exaucez ma prière ! »
Et pour mon fils alors j'espérai d'heureux jours.

L'HERMITE.

Pèlerin ! pèlerin ! la nuit se fait profonde....
Mais vas revoir ton fils ! Puisse le roi des cieux
Le faire reverdir comme un saule sur l'onde,
Pour que sur tes vieux jours il te ferme les yeux.
Mais reviens dans trois jours ! reviens à l'hermitage !
　　　Viens m'annoncer si le Seigneur
　　　A béni ton pèlerinage ;
　　　Et sous ce dôme de feuillage
Vers lui s'élévera l'encens de notre cœur !

LE PÈLERIN.

Bon hermite, salut ! je pars pour ma chaumière,
A l'autel du rocher pour moi va prier Dieu !
Dans trois jours je viendrai vers ton toit solitaire
Si le Seigneur m'exauce.... Adieu, vieillard, adieu ! »
Le pèlerin partit, et dans la nuit épaisse
Bientôt il disparut comme un sceptre du soir

Qui non loin des tombeaux paraît quand le jour baisse,
Quand la terre est humide et que le ciel est noir.

II.

Il est minuit, car les cloches funèbres
Ont retenti sur les tours du couvent!
Il est minuit, car l'oiseau des ténèbres
Vient de mêler ses cris au bruit du vent!
Il est minuit, car près de ces décombres,
Ce voyageur qui marche l'air pensif,
A vu passer quelques fantômes sombres
Qui se suivaient avec un cri plaintif!
Il est minuit, car dans le cimetière,
Ce feu léger qui voltige et s'enfuit
Vient de jeter un éclat funéraire....
Vous qui passez, silence! il est minuit!....

Le pèlerin passait dans sa marche rapide
Vers la croix du sentier, en face du grand bois;
Il crut apercevoir un fantôme livide
Qui s'appuyait rêveur sur un bras de la croix.

Il approche soudain.... mais l'ombre s'évapore....
Longtemps il chemina, rêveur et soucieux;
Puis le ciel s'embellit des clartés de l'aurore
Et le hameau natal vint s'offrir à ses yeux.
Il vit, dans le vallon, des cabanes de pâtres

Qui ressemblaient de loin à des ruches à miel ;
Et dans l'air voltigeaient des colombes folâtres ;
Et, des toits du hameau, s'enfuyant vers le ciel,
La fumée ondoyait en colonnes bleuâtres.

Voyez-vous, à l'écart, sous ces arbres fleuris
Cette pauvre cabane, au pied de la colline ?
C'est du bon pèlerin la petite chaumine....
C'est là qu'est son bonheur, car c'est là qu'est son fils !
Il se hâte, tremblant de joie et d'espérance....
Il va vers sa cabane.... Il entre sur le seuil...
Et soudain, d'une voix où se peint la souffrance
Il s'écrie : ô mon fils !.... — Quel spectacle de deuil !
Quatre flambeaux brûlaient à l'entour d'un cercueil
Et puis la mort disait : Ici, plus d'espérance !
Son fils, dont il faisait sa joie et son orgueil
Avait fui vers l'espace où notre âme s'élance !...

On avait recouvert son corps
Du funèbre linceul semé de tristes larmes....
Puis un Prêtre était là, qui, le cœur plein d'alarmes,
Murmurait à genoux les prières des morts.
Il ne put soutenir ce spectacle terrible :
On le vit sur le sol tomber évanoui....
Mais on dit qu'en tombant sous cette angoisse horrible
Sa bouche murmura : Mon Dieu, soyez béni !...

III.

Vers le troisième jour l'hermite des montagnes

Parut sur le sommet, aux rayons du matin ;
Et ses yeux se portaient sur les vastes campagnes....
Hélas ! il ne vit pas venir le pèlerin.

Il se mit, sur le soir, à genoux sur la terre,
Et leva vers le ciel ses yeux brillants de pleurs....
Bientôt son front parut couronné de lumière
Et sembla refléter les célestes splendeurs.

Il vit les cieux ouverts : sur son sublime trône,]
Apparaissait le Christ, grand et majestueux....
Deux hommes, transformés en Anges radieux,
Accouraient d'ici-bas recevoir la couronne
De la main de celui qui règne dans les cieux...
Vers l'océan d'amour portant leurs blanches ailes
Ils s'en allèrent boire aux sources éternelles....
Et les Anges chantaient sur leurs cythares d'or :
« Gloire, gloire au mortel qui se résigne et prie
» Quand la main du Très-Haut s'abaisse et l'humilie :
» Un jour, brillant d'éclat, il prendra son essor
» Vers le séjour du ciel, vers sa belle patrie !....

» Mortels, si vous voulez prendre part au bonheur
» Que dans l'éternité l'on doit goûter sans cesse....
» Dans vos jours de bonheur, dans vos jours de détresse,
 » Bénissez le nom du Seigneur !... »

*** (Inédit).

LE POÈTE FIDÈLE.

Chantons, ma harpe d'or, ma harpe ambroisienne,
Chantons un hymne saint sur un mode nouveau,
Et dans une harmonie angélique et chrétienne,
Chantons, ma harpe d'or, notre hymne le plus beau.

Ils ont chanté la gloire éphémère, incertaine,
L'orgueil au front superbe, à la marche hautaine,
Et l'orgie enivrée aux tables du festin,
Et chancelante encor sur ses coupes de vin.
Quand le crime a rêvé quelque peu d'harmonie,
Abusant pour lui seul du beau nom de génie,
Et portant le faux Dieu sur leurs sanglants autels,
Ils ont divinisé tous les grands criminels.
Chaque poète tient en cette ère perdue,
Et sa plume vénale et son âme vendue,
Vendue au plus offrant, soit au peuple sans frein,
Soit au tyran qui porte un dur sceptre d'airain.
Ces prophètes menteurs, vil troupeau de la gloire,
Sans Dieu, sans Christ au monde et dégoûtés de croire,
Mendiant d'un Journal l'ignoble ovation,
Ont présenté leur lyre à chaque faction ;
Comme le noir Vampire au malfaisant visage,
Ils ont tout infecté dans leur affreux passage,

Au fond de chaque coupe ils ont mêlé du fiel,
Ils ont chanté l'enfer, eh bien ! chantons le ciel.

Chantons, ma harpe d'or, ma harpe ambroisienne,
Chantons un hymne saint sur un mode nouveau,
Et dans une harmonie angélique et chrétienne,
Chantons, ma harpe d'or, notre hymne le plus beau.

Et voilà qu'à mon tour je me prends à maudire :
Je les aime pourtant, je me plais à le dire :
Sans doute par moments, un éclair, un rayon,
Excita dans leur cœur la chaste émotion,
Et ravis des tableaux de la nature immense,
Ils se sont écriés : Gloire et magnificence ;
Sans doute qu'en voyant la Sainte Vérité,
Ils se sont vite épris de sa mâle beauté,
Mais c'étaient des aveux arrachés à l'extase,
C'était un peu de miel sur les bords de leur vase ;
Vous prophétisiez, moderne Balaam,
comme cet imposteur, ou le Mage d'Elam,
Comme le prince Hébreu, le grand-prêtre Caïphe,
Lorsqu'il prostitua sa tiare de Pontife ;
Vous prophétisiez, mais c'était malgré vous ;
En voyant notre camp vous tombiez à genoux,
Mais le feu descendu sur vos lèvres impures,
N'avait pas dévoré leur fiel et leurs souillures,
La parole brûlait, et les éclairs sacrés
En sillonnant vos fronts les ont décolorés.

Chantons, ma harpe d'or, ma harpe ambroisienne,
Chantons un hymne saint sur un mode nouveau,
Et dans une harmonie angélique et chrétienne,
Chantons, ma harpe d'or, notre hymne le plus beau.

Je vous laisse enivrés de vin et d'ambroisie,
Et le cœur tout gonflé de vague poésie,
A vos chants sans extase, à vos hymnes sans foi,
Sans raison que l'instinct ou l'intérêt du moi.
Je vous laisse Ossian, ses plages nébuleuses,
Ses villes dans les airs aux formes vaporeuses,
Vous pourrez à loisir dans ses palais mouvants,
Et palper dans le vide et semer dans les vents ;
Je vous laisse au sortir de vos sombres cellules,
Et l'heureux demi-jour et les doux crépuscules,
Où vous puissiez rêver sans craindre pour votre œil,
L'éblouissant éclat d'un rayon de soleil ;
Laissez donc flot à flot sur des limbes mobiles,
S'écouler votre vie et vos âmes débiles,
Prenez pour le jour pur la lueur de l'éclair,
Suivez le songe creux ou la bulle dans l'air,
Poursuivez le fantôme, ou dans l'ombre incolore,
Le sylphe sans figure et sans formes encore,
Bercés dans ce doux vague et ce creux du cerveau,
Allez sans savoir où heurter contre un tombeau ;
Pour moi dont l'âme vit un peu plus extatique,
J'aurai ma poésie aimante, eucharistique,
Doux rayon de miel pur, doux breuvage d'amour.
Tombant comme la manne avant le point du jour ;

17

Musique au son viril, forte, substantielle,
Pieuse, sans atours, d'elle-même assez belle,
Nourriture de l'âme et pain vivant des forts,
En exaltant l'esprit elle assainit le corps.
Le poète n'est point le mendiant rapsode,
Confondant bien et mal dans les strophes d'une ode,
Ni l'écho populaire au ton pâle et changeant,
Dont le diapazon est la pièce d'argent,
Ni cet efféminé qui tout un jour repose,
Occupé de froisser les feuilles d'une rose ;
Le poète, c'est l'homme en présence de Dieu,
Au-dessus de la fange et du terrestre lieu,
Assistant au conseil des personnes divines,
Le jour où s'échappant des célestes collines,
La lumière jaillit, et qu'un premier rayon,
Fit lever le soleil sur la création,
Sur la création naissante, primitive,
Dans la joie enfantant la plante sensitive,
Contemplant dans son sein les germes sans couleurs,
Et la vie à flots purs circulant dans les fleurs,
Et quand Dieu se montrait si grand, si doux à croire,
Le poète était là, pour dire : Gloire, gloire,
Car son âme puisait d'harmonieux accords,
Dans les concerts de l'Ange et des célestes corps.
Pour lui, le don divin qu'on nomme poésie,
N'est pas ce qu'un profane appelait l'ambroisie,
Le céleste nectar qu'un enfant radieux,
Ganimède versait dans la coupe des dieux...
Nous, Chrétiens que la foi, cet Ange aux chastes ailes,
Elève en vision aux voûtes éternelles.

Nous qui, soit dans le corps, soit dans l'âme ravis,
Montons du plus haut ciel le troisième parvis,
Nous dirons que c'est l'œil, le regard du Prophète,
Quand l'esprit le saisit aux cheveux de la tête,
Le transporte à l'écart, loin des flots curieux,
Et lui découvre á nu des secrets glorieux ;
Ou bien plus éloignés de la sainte présence,
Dans l'ordre inférieur, aux champs de la science,
Nous dirons : C'est l'idée aperçue un moment,
Dans sa première fleur d'épanouissement ;
C'est l'invisible doigt, cette touche divine,
Qui fait bondir le cœur et battre la poitrine ;
C'est cet élan de feu qui soulève le sein,
Ces prières d'amour dans la bouche d'un Saint ;
Tout ce qui vous remue au plus profond de l'âme,
Qui vous élève à Dieu comme une pure flamme ;
C'est là son grand secret et son charme vainqueur,
S'il est vrai qu'on n'arrive à Dieu que par le cœur.
Sans elle, rien ne plaît, et la vérité nue,
Demeure à tout jamais des hommes méconnue,
Si pour la faire aimer sous un jour plus charmant,
Le poète ravi n'en a le sentiment.
Voyez pour la parer d'une riche ceinture,
Comme tout lui sourit dans l'immense nature,
Comme elle unit partout la grâce à la grandeur ;
Du plus brillant soleil ce serait la splendeur,
C'est le lustre du monde, eh ! que dirai-je encore ?
Dans les champs c'est la fleur, le matin c'est l'aurore,
L'étoile dans le ciel, dans l'année un printemps,
La jeunesse en la vie et la force à vingt ans,

Dans l'homme le plus pur la candide innocence,
C'est le trait le plus doux de la sainte présence,
Le vestige de Dieu, son cachot virginal,
Dont nous cherchons ici le beau rêve idéal,
Le poète a tout vu, son œil fort et superbe
Peut pénétrer dans l'ERRE à la clarté du Verbe,
En sonder les splendeurs, et revenu des cieux,
Aux hommes en parler dans la langue des dieux.

. . . .

. . . .

Chantons, ma harpe d'or, ma harpe ambroisienne,
Chantons un hymne saint sur un mode nouveau,
Et dans une harmonie angélique et chrétienne,
Chantons ma harpe d'or notre hymne le plus beau.

T. N. (Inédit).

TABLE.

TABLE.

FIN.

LIMOGES. — IMPR. DE BLONDEL, RUE CONSULAT, 15.

LIMOGES. — IMPR. DE BLONDEL, RUE CONSULAT, 15.

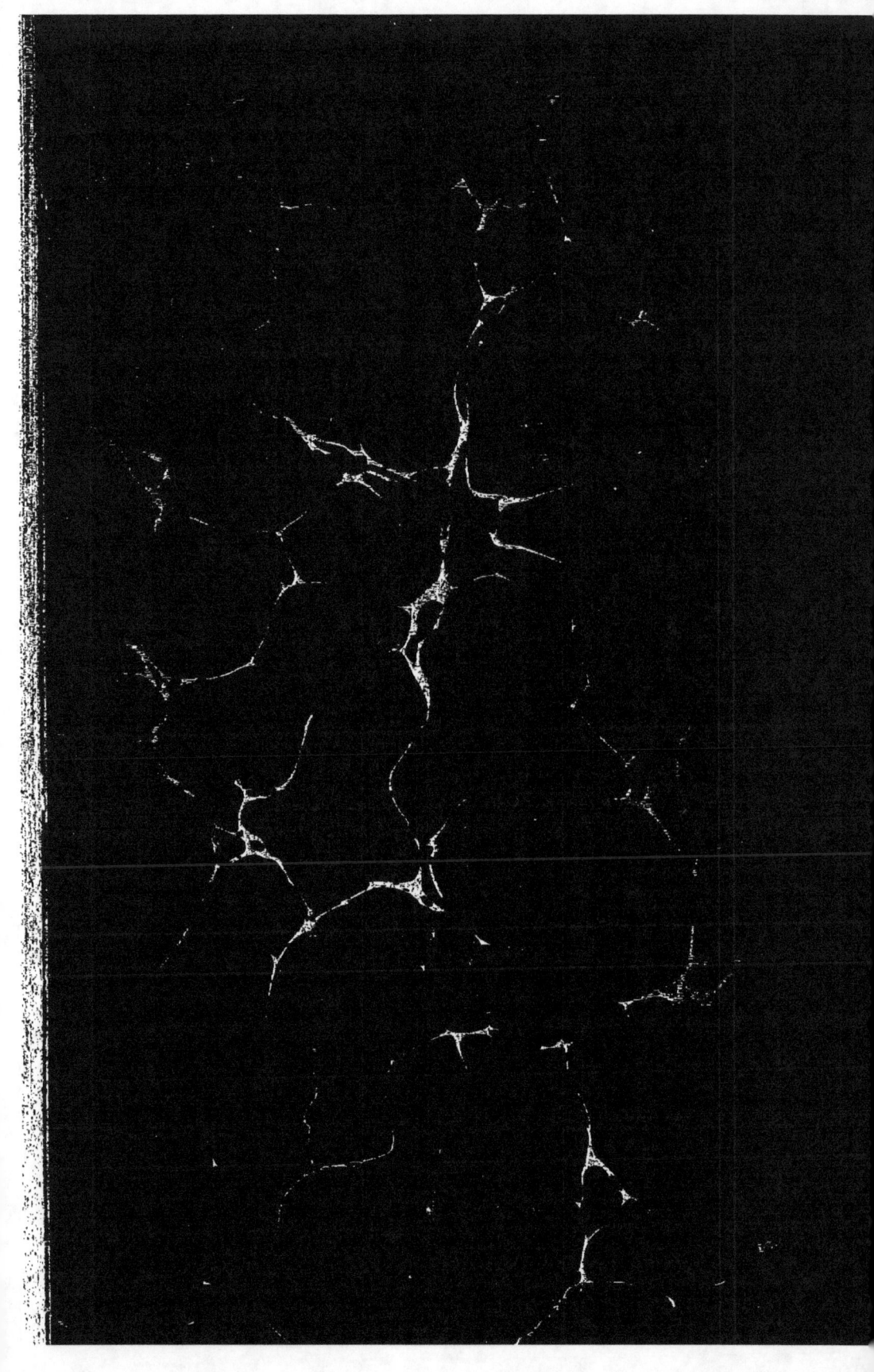

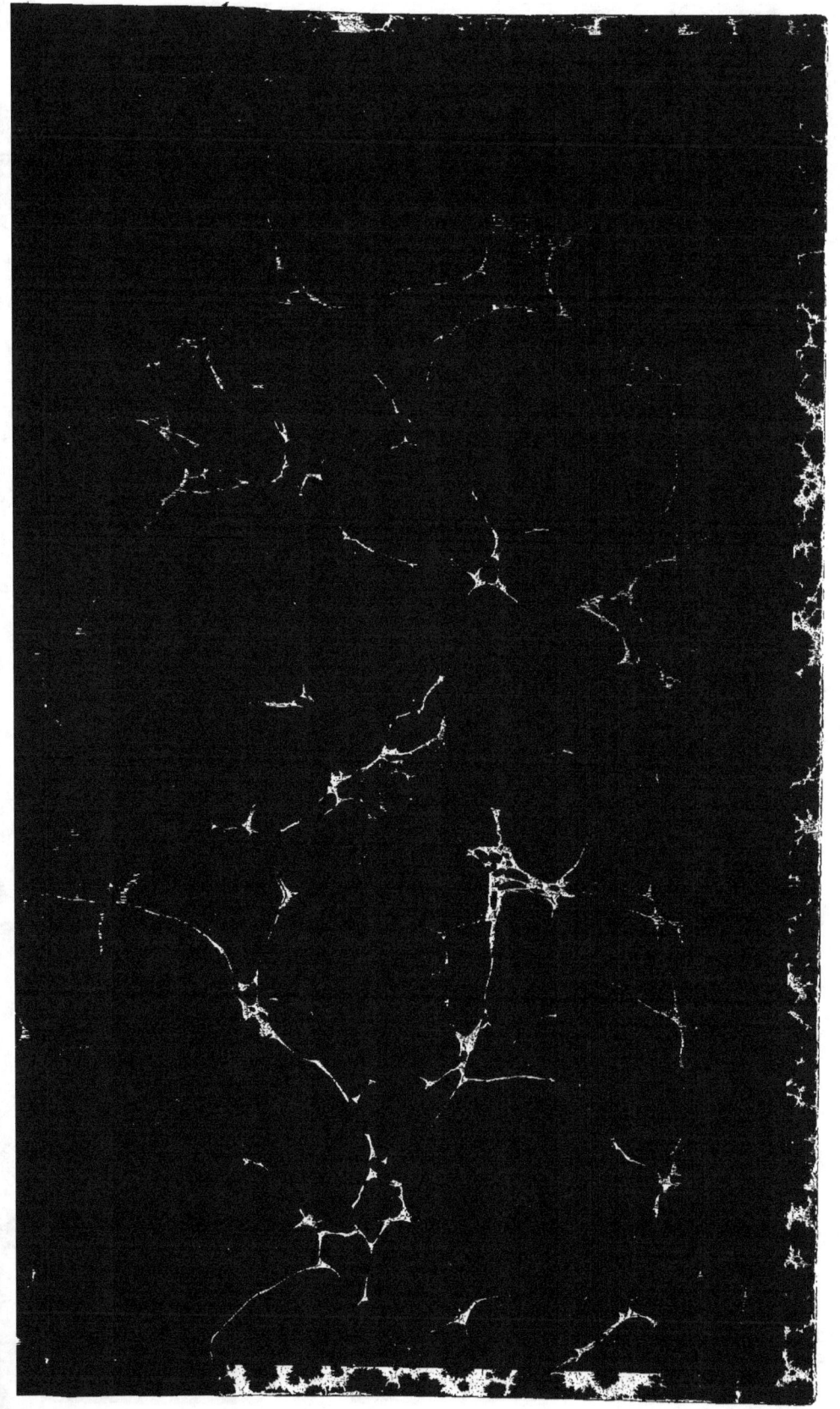

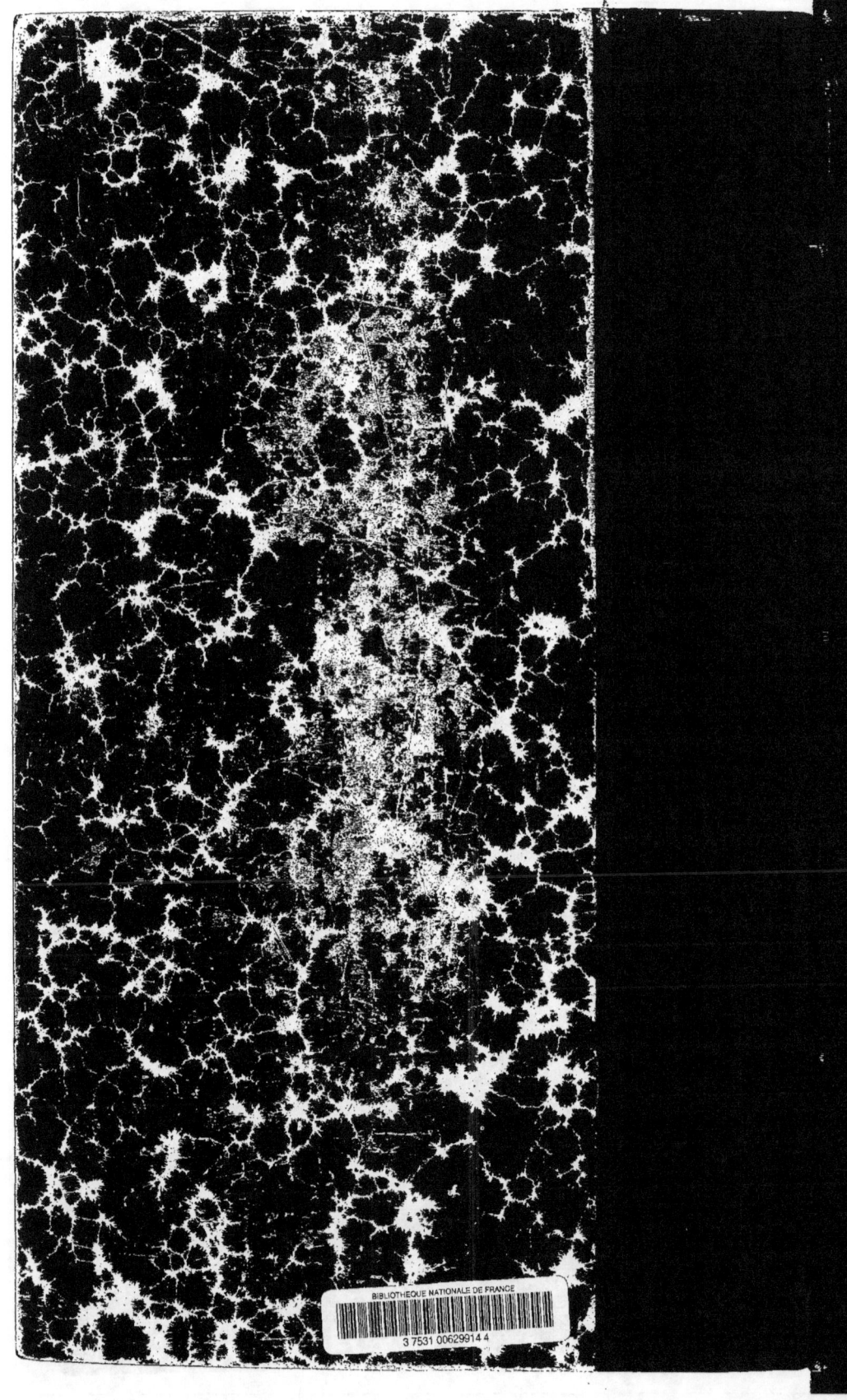